細かいことは
いいじゃないですか

Isn't it good to have details ?

灰の魔女イレイナ

世界中を巡る旅の魔女。
苦しいお財布事情のため、
お仕事募集中。

「私の強さは少々異常らしい」
カサンドラ
『魔王』と恐れられている強者。
人里離れた山中に居城を構えている。

「私が頑張らなきゃなんねーにゃ」

ラヴィリスタ

『交易オルゴニア』に
暮らす商人見習い。
かつて奴隷だった獣人の少女。

ヒルダ

『頂のマルドヨーベ』の元囚人。
百十五年の刑期を終えて釈放された。

「人を殺しましたの」

「今度こそいけそうじゃん！」
ライカ
『頂のマルドヨーベ』に暮らしていた魔女。
ヒルダの友人だったが喧嘩別れしてしまう。

魔女の旅々22

THE JOURNEY OF ELAINA

CONTENTS

魔女の旅々

THE JOURNEY OF ELAINA

22

Shiraishi Jougi
白石定規

Illustration
あずーる

少女は――エルミラは今でも覚えている。

「ぐああああああああっ！」

それは四年前の出来事だった。

強くて、優しくて、憧《あこが》れだった祖父《そふ》の悲鳴が聞こえたのは、街《まち》全体に激《はげ》しい炸裂音《さくれつおん》が鳴り響いた直後のことだった。

当時十二歳だったエルミラであっても、普通ではないことが――想定外の事態が起こったことは容易《ようい》に想像できた。

慌《あわ》ててエルミラは家を出る。

先ほど祖父が急に来た迷惑《めいわく》な客と共に出て行ったばかりの扉《とびら》を開いて、外に出る。

そして愕然《がくぜん》とした。

「！　おじいちゃん……！」

身に纏《まと》っていた服は破れ、瘦《や》せ細った躰《からだ》が露《あら》わになっている。地面に横たわりながら、まるで瀕死《ひんし》の虫のように痙攣《けいれん》している。

憧れの祖父の無惨《むざん》な姿がそこにはあった。

家を出てからたった数分後の出来事だった。何が起こったのかも未だ理解できないまま、エルミラは祖父の身を案じて駆け寄った。

おじいちゃん、おじいちゃん、しっかりして——何度も大声で名前を呼んで、抱き寄せた。

エルミラの細い腕の中で、祖父は苦悶《くもん》の表情を浮かべながらも僅《わず》かに目を見開く。

「すまんな……、エルミラ……こんな姿を……お前に見せるつもりは——」

喘《あえ》ぎながらもかろうじて声を絞り出す。

祖父の体は震えていた。

それがかつて『伝説《でんせつ》』と呼ばれていた祖父が初めて見せた、敗北《はいぼく》の瞬間だった。

若い頃は旅人だった。旅をしながら各地で人々を次から次へと救って回っていた。やがて祖父は人々から『伝説の男』と呼ばれるまでになった。祖父に救われた人はそれほどまでに多かった。

老《お》いて現役を退《しりぞ》いた今になっても、祖父の家を訪《おとず》れる者は多い。

ある者はかつて救われたことに感謝するために。

ある者はかつてと同じように救ってもらえないかと頼むために。

そしてまたある者は、『伝説』とまで呼ばれた祖父に挑《いど》むために——。

「笑わせてくれる。『伝説』とやらはその程度だったのか？」

女はエルミラの腕の中で喘ぐ祖父を見下ろしていた。期待はずれだとでも言うようにため息を漏《も》らしながら、まるでゴミを見るように冷淡《れいたん》に。

年の頃は二十代前半といったところだろうか。ワインレッドの髪《かみ》は長く、瞳《ひとみ》は満月のように金色。

身に纏う衣装は全身が黒と赤で調《ととの》えられており、禍々《まがまが》しい雰囲気《ふんいき》に溢《あふ》れている。

それが、祖父を倒した女の姿だった。

「お、お前……！　おじいちゃんに何をした！」

必死に叫《さけ》ぶエルミラ。

女は鼻を鳴らしていた。

「その老いぼれが『伝説』の名に違《たが》わぬ存在かどうかをたしかめただけだ」

言いながら、女はその場に腰《こし》を下ろす。

そして手を伸ばす。路上に落ちていたのは針《はり》、祖父が若い頃から今に至《いた》るまで使い続けていた武器だった。

「ま、待って……！　それはおじいちゃんの宝物で――」

「だがただの老いぼれには不要だろう？」

敗れた時点でもはや『伝説』などではない。女は祖父とエルミラを一瞥《いちべつ》したのちに、武器を拾《ひろ》い上げる。

そして悠然《ゆうぜん》と立ち去る女を、エルミラは睨《にら》むことしかできなかった。

無力で哀《あわ》れなエルミラには、それくらいしかできなかった。

エルミラは、今でも覚えている。

祖父から『伝説』の名を奪《うば》った女。

その名はカサンドラ。

やがて『魔王《まおう》』と呼ばれ、恐れられることになる女だった。

○

山奥の道をゆっくりと歩く一人の魔女がおりました。

髪は灰色《はいいろ》、瞳は瑠璃色《るりいろ》。身に纏うのは黒のローブと三角帽子《さんかくぼうし》。

彼女は魔女でもあり、旅人でもあるのですが、今日は少々事情ゆえに杖《つえ》を握《にぎ》りしめつつ警戒《けいかい》しながら森の小道を歩いていました。

耳をすませば、ズン――と鈍《にぶ》い音と地響《じひび》きひとつ。激しい音に驚《おどろ》いた鳥たちが騒《さわ》ぎながら飛んでいき、青い空の中へと逃げていきます。

何があるのかはわかりませんが、進む先で何らかの騒ぎが起きていることだけは間違いありません。

だから魔女は息を潜《ひそ》めながらも、歩き続けます。

不安半分、興味も半分。

そんな様子《ようす》で道を進む彼女は一体どなたでしょう？

そう、私です。

「あらまあ」

ほどなくした頃。

開けた場所に出たところで、私は手にしていた杖をしまいました。

てっきり魔物をはじめとする話の通じない魑魅魍魎《ちみもうりょう》の類《たぐ》いでもうろついているのかと思っていたのですけれども、どうやらそうでもなかったようです。

開けた場所にあったのは、少々豪華《ごうか》なお屋敷《やしき》がひとつ。

そして距離を置いて向かい合う女性がふたり。

「どうしたエルミラ。今のが全力か？」

一人は大人の女性。年は二十代半《なか》ばといったところ。ワインレッドの長髪で、赤と黒を基調とした服を身に纏っていました。

「い、いえ……！　まだやれます！」

もう一人は少女。くすんだ金色の髪に、黒の瞳。年はおおよそ十六歳程度といったところでしょうか。女性と似た赤と黒の衣装を纏っていました。

お二人の関係性が何だかわかりませんが、少なくともお話は通じそうですね。

「あのう――」

先ほどまでのやかましい音は何だったのでしょう？　片手を軽く上げながらも柔《やわ》らかく声をかける私。

しかしどうやら聞こえていなかったようです。

「ではもう一度来い！　エルミラッ！」

「は、はいっ！」

腕を組みながらその場に毅然《きぜん》と立っている女性。エルミラと呼ばれた少女は彼女に向かって駆けながら、懐《ふところ》から何本もの細い針を取り出しました。

「――はあああああああああああっ！」

両手を広げながら投擲《とうてき》された針の数々は一直線に女性――の背後へと飛んでいきました。

狙《ねら》いを外してしまったのでしょうか？　と思いかねない状態ですが、むしろそれこそがエルミラと呼ばれた少女の狙いであったようです。

少女は手に杖を持っていました。

「これでどうですか！」

杖をふるい、彼女は針の数々を一斉に操ると、そのまま女性の背中《せなか》へとすべて突き刺したのです。

そして女性が驚く間も与えずに、再度魔法を放ちます。

それは雷撃《らいげき》。

途端《とたん》に杖の先から走る一本の稲妻《いなずま》が、背中に刺された針を通して女性へと流れました。

体の中に直接流し込まれる一撃。まともな人であればそれだけでも立っていられないくらいの衝撃が与えられることは間違いありません。

「効《き》かんな」

ですから多分、目の前の女性はまともな人ではなかったのでしょう。

彼女は退屈《たいくつ》そうに鼻を鳴らすと、背中に刺さった針をすべて素手《すで》で引き抜きました。

「攻撃とはこうやるのだ」

そして瞬《またた》く間に少女との距離を詰め、額《ひたい》を指でひと突き。

こん、と少々硬い音が鳴りました。

そして少女の姿が消えました。

あらら一体どこに？　と私が疑問を抱《いだ》いた直後、先ほどから森に轟《とどろ》いていた地鳴りと鈍い音がなぜか私の真横で鳴り響きます。

「え？」

顔を向ける私。

まったくもって意味不明なことに、エルミラと呼ばれていた少女が私の真横の木に叩《たた》きつけられていました。

「う、うう……」

ぐるぐると目を回しているエルミラさん。

どうやら先ほどから森を騒がせていた物騒《ぶっそう》な音は、立ち合っている二人が奏《かな》でていたものであったようです。

…………。

話通じるかな……。

「そこにいるのはどなたかな」

あまりに理解が追いつかない状況に「これだったら魔物だったほうがましだったんですけど」と

内心思っていた私に対して、女性は穏《おだ》やかな雰囲気で声をかけてきました。

「ええっとぉ……」

とりあえず私はいきなり噛《か》みつかれても大丈夫《だいじょうぶ》なようにこっそりと杖を用意しながら、自身が旅人であることと、森に鳴り響く激しい音が気になってここまで辿《たど》り着いたことを明かしました。

途端に女性は笑いました。

「そうか、ただの旅人か。ならば戸惑《とまど》っても無理はないな──」

近隣の国々ではもはやこの森に騒音が鳴り響くのは日常茶飯事《にちじょうさはんじ》であるのだとか。

そして女性は、それからエルミラさんを起こしながら語ってくれました。

「私の名はカサンドラ。そしてこいつはエルミラ」

曰《いわ》く、二人は師弟《してい》関係にあるそうです。

◯

「まともな客人が来たのは久々《ひさびさ》だ。よければ一杯どうだ？」

というカサンドラさんのお誘いを受けて、私はそれからお二人と共に、彼女のお屋敷へと向かいました。

それはそれはたった二人の師弟が住むには少々豪華がすぎる屋敷に思えました。

むしろお城と形容してもよいのではないかと思えるほどですらありました。

扉を開いた先にあるのは大広間。二階へと続く階段が中央から延《の》びており、お二人は仲良く並んで上っていきました。背中を追うように少し後ろを歩く私。広間の壁には絵画の数々、それから棍棒《こんぼう》、甲冑《かっちゅう》、珍《めずら》しい服、拷問器具《ごうもんきぐ》と思《おぼ》しき奇妙《きみょう》な道具からただの本まで色々な物が並べられていました。

そこら中が物だらけ。その一貫性《いっかんせい》のなさはまるで古い物を取り揃《そろ》えた博物館のようにも見えました。

「随分《ずいぶん》と色々な物があるんですね」

すごいですねー、とぼんやりしながら尋《たず》ねる私。

カサンドラさんは誇《ほこ》るわけでもなく淡々《たんたん》と、

「そいつらは全部、戦利品《せんりひん》だよ」と答えてくれました。

戦利品？

「こう見えて私は結構な有名人でな、私を超えようと挑みにくる人間が以前から後を絶《た》たないんだ」

「何ですかそれ」

「まともじゃない客人がよく来てるってことさ」

そしてカサンドラさんは挑みにきた者をもれなく返り討ちにしたのちに、記念品として相手の所有物を一つもらうようにしておくのだとか。

「何で戦利品もらうんですか？」

「せっかく戦ったのなら記念に何か欲しいだろ？　だから私が勝てば相手から一つもらう。私が負ければすべて渡す。そういうルールで戦うことにしているのだ」

なるほど。

「要するに収集癖《しゅうしゅうへき》があるってことですか」

彼女の言葉をそのように解釈《かいしゃく》して納得する私。彼女も否定はしませんでした。

私の言葉に頷《うなず》き、二階のお部屋の前に着いたところで「まあな」と頷き、そのまま扉に手をかけます。

「しかし相手から金を奪うよりは健全《けんぜん》だとは思わないか？」

そして開きました。

直後に部屋の中からごろごろと吐《は》き出されるのはありとあらゆる物の数々。剣などの武器からはじまりペンや食べ物、それから服や財布《さいふ》など、これまた一貫性のない物が廊下《ろうか》に散らばります。

「何すかこれ」

「これも戦利品だが？」

なるほどなるほど。

「お気づきじゃないのかもしれないですけどこの部屋も不健全ですよ」

お片付けとかできないんですか？

足の踏み場もないほどに散らかった部屋の奥。数多くの物を下敷きにしたうえで誇らしげに置かれていた玉座《ぎょくざ》にカサンドラさんは腰を下ろしました。

お城のような屋敷といい、豪華な玉座といい、そして今、片膝《かたひざ》をたてて座る彼女の様子といい、その姿はまるで物語に出てくる悪者かのよう。

そのそばでぼけーっと突っ立っている私とエルミラさんは、傍目《はため》に見ればそんな彼女に付き従《したが》う手下にでも見えるかもしれませんね。

「カサンドラ様は『魔王』と呼ばれているんです」

私と目があった途端、エルミラさんは口を開きました。「現時点で彼女とまともに戦って勝てた人はいません。圧倒的な強さを誇る彼女だからこそ、『魔王』と呼ばれて恐れられているんです」

「はあ……」

随分と物騒なお話ですね。

頷く私に、カサンドラさんは笑いながら割って入ります。

「エルミラから聞いたのだが、私の強さは少々異常らしい。私から見れば周りの連中が弱くて話にならないだけなのだがな！」

がはは、と大袈裟《おおげさ》な笑い声が玉座の間に響きます。

彼女の足元を埋め尽くしているのは、さしずめ話にならなかった者たちの残骸《ざんがい》といったところでしょうか。

誰も敵《かな》わないという絶対的な自信の上に彼女は今、腰を下ろしているようです。

「ちなみに知っているか？　魔女殿。代々、魔王の存在の裏には対になる『勇者《ゆうしゃ》』の存在があるものなのだ」

「いや知らないですけど」

「なにぃ？　勇者を知らんだと……？」

呆《あき》れた様子でカサンドラさんは私に説明してくれました。

曰く勇者とは。

「――それは信頼できる仲間を引き連れ、魔王を滅《めっ》さんとする者のことを指す。大抵の場合、勇者と引き連れている仲間はすべて圧倒的な強さを誇り、訪れた街や国で人々を救っている。ゆえに勇者という称号《しょうごう》は、憧れの対象でもあるのだ」

「要するに強くてすごくて憧れの対象で、人々の役に立っているということですか」

簡単に噛み砕《くだ》く私。カサンドラさんは「うむ」と首肯《しゅこう》しつつ、

「そしてその勇者どもを一人残らず返り討ちにしてきたのが私だ」

「今の話台無しなんですけど」

全然勇者役に立ってないじゃないですか。

魔王健在してるじゃないですか。

「ちなみに今日も勇者が私のもとに挑みにくるぞ」

玉座の上でスケジュール帳を開きつつ「そろそろかな？」と壁にかけられていた時計を見つめるカサンドラさん。

屋敷の扉が強引に開かれたのはその時のことでした。

ごうん！　と激しい音が鳴り響いたかと思うと、

「たのもう！　魔王はここだな！」

と勇《いさ》ましい男性の声が屋敷全体に鳴り響きます。

「ほら」言ったっしょ？　と魔王カサンドラさん。

「よくわかりましたね」

連日のように勇者に挑まれ続けている魔王ともなると勇者が来るタイミングまで予測できるようになるものなのでしょうか？

疑問を抱く私に対し、彼女は「いや」と首を振りつつ言いました。

「普通に今日予約があったんだよ」

「何で訪問《ほうもん》が予約制なんですか」

ていうか予約してきたのに勇者さんは何で「魔王はここだな！」とか言ってるんですか？　予約したならいるでしょ普通。

そしてカサンドラさんは「ちょっと出てきてエルミラ」と弟子に指示出しひとつ。

それから少々間を置いたのちにエルミラさんがお客さんもとい勇者一行を引き連れて玉座の前まで戻りました。

「魔王！　覚悟《かくご》しろ！　今日という今日は貴様《きさま》を滅ぼす！」

予約したうえで語っていると思うと少々シュールですね。

ともかく勇者一行はこうして魔王のもとまで辿り着きました。

それではここで彼らの口上《こうじょう》を順番にご覧《らん》に入れましょう。

「俺は勇者。先祖《せんぞ》代々受け継がれてきたこの武器で、お前を滅ぼす！」

「俺は戦士。俺がこの鎧《よろい》を脱いだ時、それがお前の最期《さいご》だ……」

「私は踊り子。柔軟体操《じゅうなんたいそう》で私の右に出る者はいないわ」

「そして私は千年生きた魔法使い」

なんだか色々と突《つ》っ込《こ》みどころが多そうな自己紹介《じこしょうかい》ですがまあ一旦置いておくとしましょう。彼らと対峙《たいじ》したカサンドラさんは、玉座から立ち上がると、

「よくぞ来たな、勇者ども……」

といかにもなセリフと共にいかにもな表情を浮かべました。

勇者と魔王。

向かい合った彼らがこれからすべきことはただ一つ。戦うことに他なりません。

そして強者《つわもの》同士の戦いともなれば周囲への影響も少なくはないでしょう。

「魔女様。私たちは邪魔《じゃま》になります。退席《たいせき》しましょう」

ですからエルミラさんからそのような提案が出たのもごく自然なことのように思えました。

私も巻き添えを喰《く》らうのは御免《ごめん》でしたから、頷きながら彼女に続きます。物にまみれた部屋の中、魔王と勇者一行が対峙する横を素通《すどお》りしながら、私たちは退出《たいしゅつ》しました。

勇者一行と魔王の戦いは苛烈《かれつ》を極めたようです。

エルミラさんと私がそれから避難《ひなん》した先は一階のお部屋。おそらくは食堂として普段はお二人が利用しているお部屋。

大きなテーブルを挟《はさ》んで向かい合う私たち。

エルミラさんが用意してくれたティーカップは先ほどから上の部屋から響く衝撃によって何度もかたかたと揺《ゆ》れていました。

「いつもこんな感じなんですか？」

落ち着かないですねー、とぼんやり語る私。エルミラさんは「そうですね」と頷きつつ、

「恐らくもうじき静かになると思います」

とも語りました。

「随分とお師匠さまの強さに信頼があるんですね」

「カサンドラ様に勝てた者は誰もいませんから」

答える彼女の目はどこか諦《あきら》めの色が浮かんで見えました。

彼女の部屋に転がっていた物の数々は、彼女が無敗《むはい》たる確たる証拠。並びに『勇者』をはじめとする数えきれないほどの者たちが名声を奪われてきた証《あか》しでもあるのでしょう。

「私の祖父も、かつて彼女と対峙した者の一人でした」揺れるティーカップに視線を落としながら彼女はぽつりとこぼしました。

勝てた者が誰もいないというのならば、その結果は言うまでもないでしょう。

「……おじいさんはどんな人だったんですか？」

尋ねる私。彼女は顔を上げました。

「とても強くて、すごくて、憧れの人でした」

まるで『勇者』のよう。事実、彼女の祖父も彼らと同様に称号を与えられ、『伝説』の呼び名で街の人々に愛されていたそうです。

カサンドラさんが現れる、その日までは。

「彼女が祖父の前に現れたのは四年前のことです。当時はまだ旅をしながら各地を巡《めぐ》っていた彼女は、どこからか祖父の噂《うわさ》を聞きつけて、私たちが住む家まで訪《たず》ねてきたんです」

別に客人が訪ねてくること自体は珍しいことでもなかったそうです。かつての名声を隠すことなく過ごしていたエルミラさんの祖父に挑む若者は多くいたのです。

もっとも、多くの場合は返り討ちにあっていたようですけれども。

当時のカサンドラさんもそんな恐れ知らずな若者たちと同様に、エルミラさんたちの家の扉を叩いたうちの一人だったそうです。

いつもの迷惑な客人が来た——晩御飯《ばんごはん》の支度《したく》をしていたエルミラさんの祖父は、ため息をつきながらカサンドラさんに応じ、家の外へと出ました。

エルミラさんは待ちました。

しかし祖父は帰ってくることはなく。

代わりに激しい炸裂音の後、悲痛な叫び声が、街に轟いたのです——。

その後どうなったのかは、聞くまでもないでしょう。

「……そんな過去があるのに、なぜカサンドラさんを師匠に選んだんですか」

相手は祖父に酷《ひど》い仕打ちをした魔王。

恨《うら》みこそすれ、従う理由も尊敬《そんけい》することもないはずです。かつて祖父が奪われた武器と同じものを操る彼女が抱く感情は憎しみだけであるべきなのではないでしょうか。

当然の疑問を抱く私に対し、彼女はこちらを見つめて答えます。

「私が彼女に抱いている感情は、たった一度立ち合っただけで済まされるほど軽いものではないんです」

真《ま》っ直《す》ぐ見つめあって初めて気づきました。彼女の瞳は澱《よど》んで見えるほどに深い黒。

長年積み重なった怨嗟《えんさ》に満ちているように、私には見えました。

「どれだけ時間がかかっても、私が彼女を倒すと決めているんです。私はそのためだったら、何でもします」

すべては恨みを晴らすため。

カサンドラさんを仕留《しと》めるため。

彼女はそのために傍《そば》で付き従い、信頼を得て――そのうえで、寝首《ねくび》をかくつもりなのだと言います。

「随分と危ない話を私にするんですね」

重く暗い空気を振り払うように冗談《じょうだん》めかして語る私。そういう話、客人である私にしちゃって大丈夫なんですか？

もしかしたらカサンドラさんに告げ口しちゃうかもしれないですよ？

などとちゃかして尋ねる私。

彼女は笑いました。

「大丈夫です。彼女はもう、私を信頼し切っていますから」

私が横から何を言おうと、何をしようと、カサンドラさんがエルミラさんに疑《うたが》いの目を差し向けることはない――そう言いたいのでしょう。

あるいはその言葉は私に対する牽制《けんせい》だったのかもしれません。

「今日、これから何が起こっても、決して口出しをしないでくださいね。この日のために、ずっと準備してきたのですから」

人差し指を唇《くちびる》にそっと添えながら、彼女は言葉を漏らします。

パン――と激しい炸裂音が複数回鳴り響き、上の階で行われていた戦闘が静まったのは、ちょうどその時のことでした。

○

夜が訪れました。

私としては長居《ながい》をするつもりもなかったのですが、戦闘を終えたあとのカサンドラさんより「どうせだったら泊《と》まっていけば？」との提案があったのです。

聞けば山奥のこの屋敷から一番近くの国までほうきで移動をしても結構な時間がかかるそうで、ひとたび外に出れば野宿《のじゅく》は免《まぬが》れないのだとか。

どうせ部屋は大量に余っているから気にしないでいい、ともカサンドラさんは付け足し、結局私はそんなご提案に甘えるかたちで、彼女たちと食堂にて夕食を共にすることになりました。

ちなみにいつも夕食の担当はエルミラさん。随分と準備がいいようで、テーブルには予定外の来客である私にもきっちり夕食がご用意されておりました。

「…………」

が、しかし私がそれを食べる気になれるかどうかは別問題。

もぐもぐと美味《おい》しそうに食事をとるカサンドラさんの真横で私はフォークを握ったまま、むむむと考えておりました。

——これ、毒《どく》入ってない、ですよね？

「エルミラ、ちょっとスープおかわり欲しい。とってきて」

カサンドラさんがのほほんとした様子でエルミラさんに器《うつわ》を差し出す最中も私の頭は思考の海で漂《ただよ》うばかり。エルミラさんは本日カサンドラさんを仕留めようと思っているのです。だとしたら食べ物に毒を含ませるくらいのことはしてもおかしくないのではないでしょうか。

エルミラさんがキッチンへと向かう足音を聞きながら私はそうして悩《なや》んでおりました。

「心配しなくてもいい。普通のスープだ」

横から声をかけられたのはその時です。「あいつは食べ物に毒を込めるような回りくどい真似《まね》はしないさ」

とてもとても自然に、まるで私の悩みを見透《みす》かしたように、カサンドラさんは語っておりました。

驚きました。

「知ってたんですか？」

「スープに毒が入っていないことか？　それとも、あいつが今日、私を仕留めるつもりでいることか？」

「………」

「もちろんどちらも知っている。私はあいつの師匠だからな」

師匠たるもの、弟子の考えはすべてお見通しなのだよ、とカサンドラさんは淡々と語っておいででした。

エルミラさんの予測にはいくつか間違いがあったようです。

カサンドラさんは弟子である彼女を信頼しきっていたわけでは、なかったのです。

「私があいつの祖父を倒したのは今からちょうど四年前の今日のことだ。私を倒すために今日という日を選ぶことはわかっていたさ」

それはつまり本日命を散らす可能性があるということだと思うのですが。

「その割に随分と余裕なんですね」少なくとも目の前のカサンドラさんの様子は、危機に瀕している者とは到底思えないほど穏やかに見えました。

「私がどうしてあいつを弟子にしたのかわかるか？」

「？」

急に質問される意味がよくわかりませんけれども——。「彼女の祖父を倒してしまったことを悔《く》いているから、とか？」

ざっくり答える私。

途端に彼女は吹き出しました。

「ははは！　それはない。むしろあんな老いぼれに憧れていたエルミラを憐《あわ》れんだくらいだ」

「じゃあなぜ」

すると彼女は私の目を見ながら。

答えました。

「私に並び立つ存在になるだろうと期待しているんだよ」

こちらを覗《のぞ》くのは満月のように明るい金色。漆黒《しっこく》の空にただ一つ浮かぶ満月と同じ金色。

唯一無二《ゆいいつむに》。

並び立つものが何一つとしてない月と同じ、金色。

「私は昔から、ずっと独《ひと》りで退屈してたんだ」

それからカサンドラさんは自らが『魔王』と呼ばれるまでに至った物語を、私に語ってくれました。


幼い頃から彼女は他者と戦うことを生きがいとしていました。

力試しをすることが好きだったそうです。自身の立ち位置を測ることが楽しかったそうです。

最初の頃は相手と立ち合うたびに胸躍《むねおど》りました。次はどんな相手が来るのだろうと期待しながら戦いに挑みました。

戦って、戦って、戦い続けました。しかし彼女が故郷《こきょう》において戦いを挑まれる側になった頃、戦うことがつまらなくなりました。

自分よりも強い相手が存在しなくなったからです。

弱い者いじめほどつまらないものはありません。

彼女は自身より強い相手のいない故郷で、悩みました。

「で、悩んだ結果、私はどうしたと思う?」

「旅に出たんですか」

「その通り」

あっさり答える私にこれまたあっさり頷くカサンドラさん。彼女は自身を超える人間を探すために旅に出ました。

世界は広く、強者が多くいました。街の中で『伝説』と呼ばれているような者がいれば、彼女は次から次へと訪ねて回りました。

しかし結果は落胆《らくたん》するものだったと言います。

「各地を転々としてみても、私の強さを超える人間は終《つい》ぞ現れはしなかった。私の無敗記録は文字通り積み重なるばかり。やがて私は強い人間を探すことを諦めた」

退屈していたカサンドラさんはその後、山奥に家を構えました。

不思議なことに、周囲の国々から彼女は『魔王』と呼ばれて恐れられるようになりました。

ならば待っていれば強い人間が現れるかもしれない。

彼女は期待しましたが、しかしこれでも無敗記録は余計に伸びるばかりだったと言います。

探しに行っても、待っていても、自身と並ぶ者は現れない。

唯一無二ゆえの、退屈。

そうしてたった独りで過ごしていたある日のこと。

カサンドラさんの元に、エルミラさんは現れました――彼女はカサンドラさんに対し、自身を弟子にしてほしいと志願しました。

それがかつて倒した『伝説』の男の孫娘《まごむすめ》であることに、カサンドラさんは気づいていました。

いずれ自身を倒すつもりであることも、気づいていました。

しかしカサンドラさんは彼女を迎え入れることにしたそうです。

長きにわたる孤独《こどく》。

探しても、待っていても、自身を超える相手が現れることは一度としてなかった。

だからこそカサンドラさんは、

「ご自身を超えるような相手を、自ら育てることにした、ということですか――」

彼女のお話を端的《たんてき》にまとめればそういうことになるでしょう。

カサンドラさんは私に頷いて返してくれました。

「ま、そういうことになるかな。エルミラにはぜひとも私の想像を超えるような働きを期待したいものだ」

そして気だるそうに背中に手を回したかと思うと、大きくため息をつきました。

それからまるで服についた糸くずをとるような仕草で、彼女が引き抜いてみせたのは、細くて長い針。

エルミラさんの武器でした。

「――まさかとは思うが、この程度の攻撃で私を倒せるとは思っていないよな？」

いつの間にか背中に刺されていた針を引き抜きながら、カサンドラさんは立ち上がり、キッチンの方を睨みました。

「……もちろん今のは単なる牽制です」

物陰《ものかげ》から姿を現すエルミラさん。

席を外していたはずの彼女はどうやらカサンドラさんが油断するタイミングを窺《うかが》っていたようです。

彼女は杖を構えながらカサンドラさんとの距離を詰めます。

「覚悟してください。カサンドラ様。今日、私はあなたを倒します」

「私にその言葉を吐いて実現させた人間はいない」

「では私が一人目になる、ということですね？」

杖を振るい、エルミラさんは食堂のテーブルを吹っ飛ばします。戦うためには場所を広く使うべき。彼女はそう判断したのかもしれません。ちなみにその上に置いてあった料理の数々も当然ながら飛び散りました。

――私の晩御飯は……？

毒が入っていないなら普通に食べたかったんですけど……？

睨み合う二人の真横で無惨《むざん》にもひっくり返った料理の数々を眺《なが》める哀れな私。

「えええ……」と声が漏《も》れてすらおりました。

「魔女様、口を出さないでくださいと言ったでしょう」

しーっ、と唇に指を添えつつ黙《だま》れと睨むエルミラさん。いや今あなたのこと考えてないんですけど。

「悪いな、魔女殿」

弟子のわがままにやれやれと嘆息《たんそく》を漏らすカサンドラさん。どうでもいいですけどおかわりのスープってまだありますか？

待ってるあいだ暇《ひま》なのでスープとってきていいですか？

立ち上がる私。

「ここで見学しててくれ」

座らされました。

そのうえでカサンドラさんは、

「私たちの戦い……どちらが最後まで立っているのかを記録に残せる人間が必要だからな」

「いや私おかわりのス――」

「心配するな。お前に被害が及《およ》ぶようなことにはならないさ」

「……いや被害が及ぶかどうかじゃなくておかわり――」

「それじゃあそういうわけだから。頼んだぞ」

全然話通じないなこの人たち。

結局融通《ゆうずう》がまったくきかないカサンドラさんによってその場に座らされた私は空腹《くうふく》のままに二人の戦いの立会人《たちあいにん》にされてしまいました。

「さあエルミラ。どこからでもかかってこい」

格好《かっこう》つけて語るカサンドラさん。「師弟のよしみだ――お前には好きなだけ攻撃させてやろう」

語るその表情は自信に満ちていました。どんな攻撃を受けても負けないという絶対的な自信。

幾度《いくど》となく強者たちと渡り合ってきた彼女だからこそ見せることができる余裕。要はあからさまな挑発《ちょうはつ》でした。

「二言《にごん》はありませんね……?」

エルミラさんは杖を構え、自らの師を睨みます。

ぶつかり合う二人の視線。

言葉を介《かい》さずとも二人の間で通じ合うものが、あったのかもしれません。

しばしの沈黙《ちんもく》を置いたのち、

「行きますよ――師匠!」

エルミラさんは杖を振るいながらも駆け出し、

「来い！　エルミラッ！」

カサンドラさんはその場で立ったまま応じます。

二人の対決は、こうして唐突《とうとつ》に幕を開け――――！

「ではこちらに横になってください師匠」

「はい」

カサンドラさんがその場で横になりました。

は？

「気になるところはございませんか？」

「実は最近ちょっと肩凝《かたこ》りが気になってまして……」

「あーたしかにリンパが溜《た》まってますねぇ」

もみもみとエルミラさんがカサンドラさんの背中を両手でひたすらほぐしておりまし、
は？？？？？

「ちょっと、あの」

何やってんですか？

今に至るまでの深刻《しんこく》そうな空気とはかけ離れた光景に当惑《とうわく》する私。見間違えではないか目をこすったのち、それでもエルミラさんがカサンドラさんの上で「お客さんすごいですねぇ」と意味不明な言葉を並べていたので、二人を制止《せいし》したのち改めて尋ねました。

いやほんと何やってんですか？　はあ？

斯様《かよう》な私の言葉に対してお二人は声を揃えて言いました。

曰く。

「「マッサージ」」

は？

○

どうやらこれまでのお話に大きな誤解《ごかい》というか、私も気づいていなかった重大な落とし穴が一つあったようです。

二人はマッサージ師でした。

私はてっきり命をかけた戦いに身を投じているのだとばかり思っていたのですが、二人の間に血が流れることはないそうです。

「流れるのはリンパだけだ」とカサンドラさんは意味不明なことをおっしゃっていましたが本当に意味不明だったので無視しました。

大変不可解なことに彼女たちが住んでいる地方ではマッサージすることを『戦い』と呼ぶそうです。今まで旅してきた中で最も意味不明な風習の一つと言っても過言《かごん》ではないでしょう。

そもそも色々おかしくないですか？

「故郷で一番強くて旅に出たとかぬかしてたじゃないですかあなた」

弟子からマッサージを受けながら心地よさそうな表情を浮かべているカサンドラさんの傍らに腰

を下ろしつつ睨む私。

彼女は「ああ」と思い出したように言いました。

「魔女殿さぁ、こんな話知ってる？　ある街に床屋《とこや》が二人いました。一人は髪がぼさぼさで、もう一人は髪が綺麗《きれい》に、あ、ん……ッ、そこッ……」

「真面目《まじめ》に話してください」

ぺちんと彼女の頬《ほお》を叩く私でした。もはやそこに魔王に対する畏怖《いふ》などというものは皆無《かいむ》です。

こほんと咳払《せきばら》いしたのち言葉を続けるカサンドラさん。

「ともかくぼさぼさの髪と綺麗な髪の床屋が二人いたとして、髪を切るならどちらに頼むべきか？という問題さ。どっちだと思う？」

「それなら前者でしょう」

簡単な話です。街に床屋が二人しかいないならば、互いに髪を切り合わなければならないわけで、相手の腕前がそのまま自身の髪に反映されるわけですから。

私の回答はまさに彼女が求めていたものだったのでしょう。「その通り」と頷いた後、

「そしてまさに私がその状態のマッサージ師だったのさ」

と答えました。曰くマッサージ師として活動していたものの、自身の疲《つか》れを癒《い》やしてくれる存在を見つけることができなかったのです。

やがて悲しみの末に彼女は旅に出た――。

「旅の中で各地を転々として、私はありとあらゆるマッサージ師を屠《ほふ》ってきた」

「マッサージ師を屠るって何ですか」

意味わからないです。

「そして私はこの地でマッサージ師として活動するようになった。今では多くの人間がここを訪れている。それは私のマッサージを受けるためだ」

意味わからないです。

理解不能な点ばかりでした。そもそもカサンドラさんだけでなくエルミラさんの言動のほうも私にはさっぱり理解できないのですけど。

「そもそもあなたおじいさん死んだみたいなこと言ってたじゃないですか」

回想しながら無駄にシリアスに語ってたじゃないですか。アレは何なんですか？　ええ？　などと目くじら立てる私。

エルミラさんは「はて？」と言いたげな顔で小首《こくび》をかしげました。

「私のおじいちゃん、死んでないですけど」

「そんなばかな」

「まあでも師匠のマッサージを受けた人間はみんな昇天《しょうてん》するので、そういった意味では一度死んだも同然——かもしれませんね」

「意味わからないです」

得意げな顔しているのが妙《みょう》に腹立ちました。

「ちなみにおじいちゃんは彼女に負けて『もうマッサージとかどうでもいいわ』って引退しました」

「じゃあもう何だったんすかこの話……」

「ちなみに今は実家で小料理屋やってます」

まったく遺憾《いかん》なことに彼女たちが紛《まぎ》らわしいせいで色々と誤解があったようです。

そもそも彼女が立ち合った相手から物を奪っているのは、マッサージを受けた人からお金の代わりにいらない物をいただいているからだそうです。つまり普通にいい人ということですね。どの面《つら》下《さ》げて『魔王』の称号提《さ》げてるんですか？

「というかさっきの来客は何だったんですか」

仰々《ぎょうぎょう》しくも勇者一行などと呼ばれてたじゃないですか。あれは魔王を倒すために組織された集団なのではないんですか？

ぺちぺち頬を叩きながら尋ねる私。

カサンドラさんは言いました。

「あいつら普通に今日予約で来てたマッサージ師だけど」

「は？」

「『リラクゼーション勇者一行《いっこう》』って店名なんだよ」

「ぶっとばされたいんですか？」

「何でさっきから怒ってんの……？　こわ」

リンパ詰《つ》まってる？　などと心配してくるカサンドラさん。マッサージ師特有の煽《あお》りやめてもらってもいいですか？

「しかし『魔王』である私には未だ悩みがあってだな……」腰のあたりを押されながらカサンドラさんは私を見ます。「私が最強すぎるゆえに、私に対して適切にマッサージを施術《せじゅつ》できる人間が……んッ、そこ、気持ちいい……もっとぉ……」

「真面目に話せないんですか？」

上手《うま》すぎるマッサージ師、カサンドラさん。

しかしながら自身を真の意味で癒やせる人間は今までいませんでした。だからこそエルミラさんを、彼女は育てていたのです――。

「……いかがでしたか、師匠」

エルミラさんのマッサージが終わりました。

立ち上がるカサンドラさん。

「大したことないな」

いやいやいやいや。

「いまあなた気持ちいいって言ってたじゃないですか」

「言ってない」

「いやでも――」

「言ってないッ！」

強引に言葉を遮《さえぎ》られちゃいました。

カサンドラさんはそうして私の突っ込みを無視したうえで「この程度で私に勝てると思っていた

のか？」と極めて意味不明なことをぬかしました。

「それでは次は私の番、だな——」

そしてカサンドラさんはエルミラさんの背後に移動しました。ふと私はここで気づいたのですが、そういえばカサンドラさんがマッサージ師だったとするならば、勇者一行の面々が来た際に聞こえた謎の炸裂音は一体何だったのでしょう？　たしかエルミラさんのおじいさんが負けた時も同様の音が聞こえたみたいですけど。

などとこの期に及んで真面目に考える私。そんな私の目の前でカサンドラさんはエルミラさんの背中をひと突きしました。

「はぁッ！」

パァン！

「きゃあああああああっ！」

激しい炸裂音とともにエルミラさんの服が弾け飛びました。

は？？？？？？？？？

「なんでですか」

説明お願いします。

「私のマッサージを受けた人間は全員一瞬ですべての疲れが吹き飛ぶんだ……」カサンドラさんは得意げな顔でぬかしました。

疲れが吹き飛ぶついでに服も一緒に弾け飛ぶそうです。

「絶対なんか体に害《がい》ありますよそれ」

ともあれ二人の戦いはそこで終わったようです。

未だ無傷《むきず》で毅然と立っているカサンドラさん。

対してエルミラさんははだけた服を押さえながらその場にしゃがんでいます。

どちらのマッサージが相手により有効だったのかは言うまでもないでしょう。

結局、エルミラさんは四年越しの復讐《ふくしゅう》を果たすことができなかったのです。

「残念だったな、エルミラ」

カサンドラさんは敗者をただ見下ろしたまま、言葉を続けます。

「腕を上げたようだが、その程度の腕前では私に勝つことなど——」

言いかけたところで、カサンドラさんの口が止まります。口を開けたまま、彼女の表情は徐々に困惑《こんわく》に染まっていきます。

なぜなら。

「ふふふっ……」

その場にしゃがんでいたエルミラさん——彼女の口から、笑みがこぼれていたのですから。

「……何がおかしい」

得体の知れないものに対する警戒。

再び攻撃でもするつもりなのでしょうか？　それとも何か罠《わな》を仕込んでいるのでしょうか？　カサンドラさんは一歩退き、そしてエルミラさんに視線を向けます。

おかしな動きを見せた瞬間に対応するためです。

しかし、そんな彼女の反応すら、エルミラさんにとっては想定内だったのかもしれません。

「そんなに警戒しなくても大丈夫ですよ……」

そして彼女は自らの師匠を指差し、

「攻撃は、既に終わっています、い、い、い」

彼女は告げました。

その直後。

「ぐあああああああああっ！」

パァン！

突然カサンドラさんの服が弾け飛びました。

「なんでですか」

ぺちーん！　とカサンドラさんの上着が私の顔にかかりました。私はもう何だか色々とどうでもよくなっちゃいました。

「ははははは！　私の勝ちですね！　師匠！」

そしてそんな私の前で勝手に勝利宣言を掲《かか》げるのがエルミラさんでした。

一体どんな手を使ったのでしょう？　勝てて興奮している彼女は勝手にぺらぺらと話してくれました。

曰く。

「私の技は長い年月をかけて、同じ箇所《かしょ》に攻撃を与え続けることで初めて効果が表れるまったく新しいマッサージ術なのです！」

なるほど。

「それ整体《せいたい》っていうんですよ」

「つまりこれは、時間差で効果が表れるマッサージ……私はこれを時間差マッサージと名づけました……」

「整体ですってば」

私の声は多分聞こえていなかったのでしょう。

カサンドラさんははだけた服を押さえながら慄《おのの》き驚きたじろぎました。

「馬鹿《ばか》な……！　時間差マッサージだと……？　そんな技、いつの間に開発したというのだ！」

「いやだから整体ですってば」

おそらく針を用《もち》いて長期的に治療《ちりょう》を行い続けていたところ、ようやく本日効果が表れたのでしょう。全身の疲れが吹っ飛びカサンドラさんのお肌はつるつるてかてかでした。

「すごい……、これがマッサージの、力……」

生まれて初めてまともにマッサージの効果を体感したカサンドラさんは、胸の底から感嘆《かんたん》の声を漏らしておりました。

何だかよくわかりませんが二人の勝敗は逆転したようです。

「あなたの敗因……それは私のマッサージを受け続けたことです……！」

勝ち誇りながら決め台詞《ぜりふ》を言い放つエルミラさん。

カサンドラさんは、笑いました。

「大きくなったじゃないか……エルミラ」

満足げな表情を浮かべたまま、そして彼女はその場で倒れてしまいました。

初めてまともにマッサージのダメージ受けて体が耐えられなかったのかもしれませ――いやマッサージのダメージって何ですか意味わからないですよ。

何はともあれ、エルミラさんの復讐劇は、こうして幕《まく》を下《お》ろしたのです。

「勝ったよ、おじいちゃん――」

彼女は清々《すがすが》しい表情で言葉を漏らします。

手に入れた勝利はかつて憧れた自らの祖父への手向《たむ》けとなったことでしょう。いや祖父死んでないですけど。

そして巻き込まれる形で復讐劇に参加させられた私もまた、言葉を漏らしました。

清々しい顔で言いました。

「なにこれ……」

○

翌日の朝、私はエルミラさんたちが住む屋敷から出ていきました。

一日泊まったせいで「ところでお前もマッサージ受けてみない？」と何度か誘《さそ》われましたが、お二人に身体を触られると服が弾け飛ぶ可能性が極めて高かったため丁重《ていちょう》にお断りしたのち、私は再びほうきに乗って旅立ちました。

明るい日差しの下、延々《えんえん》と続く山道を私はのんびりと進んでいきました。

「はあ……」

溢《あふ》れるのはため息ひとつ。昨日《きのう》、身の回りで起きた意味不明な出来事の数々はたった一日休んだだけでは処理しきれなかったようです。

次に訪れた国ではひたすら休む必要がありますね。

というわけで私は山を下り、近くの国へと訪れたのち。

「何か疲れが癒やされるような場所ってないですかね」

街の住民に尋ねました。

優しい住民はまずは旅人である私をねぎらい、苦労に共感し、「大変な目にあったのですね」と同情してくれました。

昨日起きたおかしな出来事に頭を満たされていた私はその時点で少しだけ肩の荷が下りた気がしました。優しい街の人々。彼らはそれから一様《いちよう》に、とある場所をおすすめしてくれました。

「疲れたならあそこがいいですよ」

指差す先は街の中央通り。

そこには小さなお店が一つ、ありました。

曰くどんな疲れもたちどころに消えてしまう、魔法のような場所なのだと言います。

まあ素敵《すてき》。

というわけで私は早速《さっそく》そのお店を訪問し、

「ごめんください」

扉を開けました。

そこには疲れを癒やしてくれる素敵な空間が——

「俺は勇者。溜まった疲れは俺が吹き飛ばす！」

「俺は戦士。俺のパワーはすべてのコリを解きほぐす」

「私は踊り子。ストレッチで私の右に出る者はいないわ」

「そして私は千年生きた魔」

扉閉めました。

車輪、蹄《ひづめ》、そして靴《くつ》の跡《あと》。

少し乾《かわ》いた大地の上には道を辿《たど》った者たちの足跡《あしあと》が刻《きざ》まれていました。

見上げた空には雲一つとして見えず、燦々《さんさん》と輝く太陽が地上のすべてを照らしていました。聳《そび》える国の門。その中を悠然《ゆうぜん》と通るのは荷車引いた馬《うま》一頭。門を守る兵士たちは商人が無事に入国できたことを確認すると、旅の魔女に視線を向けました。

「次の方、どうぞ」

手招《てまね》きひとつ。

頷《うなず》きながら歩みを進める旅の魔女。髪《かみ》は灰色《はいいろ》、瞳《ひとみ》は瑠璃色《るりいろ》。どこからどう見ても美しい彼女は、三角帽子《さんかくぼうし》の下から目を細め、息をすうっと吸い込み、かと思えば一気に吐《は》きました。

暑い中で長らく待たされていたことへの鬱憤《うっぷん》を晴らすかのような深いため息。しかし不思議なことにその顔は至福《しふく》に満ちていました。

背後《はいご》にちらりと一瞥《いちべつ》を送る彼女。その先に控《ひか》えるのは未だ入国を待っている商人や旅人たちが織りなす蛇《へび》のような列。「お先に失礼しますね」などと言いたげな表情にはちょっとした優越感《ゆうえつかん》すら浮かんでいました。

門の前に立てばとてもとてもおいしそうな料理の香り。向こう側で賑《にぎ》わう大通りから溢《あふ》れた香りに待ちきれないと嘆《なげ》くようにお腹《なか》がぐるぐる鳴きました。

乾燥地帯《かんそうちたい》の端《はし》の方。

近隣諸国《きんりんしょこく》の中心地。

近隣の国々が交わり合う交差点。

曰《いわ》く砂漠《さばく》と海と山のどこからでも、この国に向いて道が延《の》びており、ゆえにこの国は、このように呼ばれているそうです。

「ようこそ。ここは『交易《こうえき》オルゴニア』」

門兵さんが敬礼《けいれい》をしながら旅の魔女を見つめ、入国審査を始めます。「我が国に来た目的は？」

はてさて一体何でしょう？

「おいしい料理を食べに来ました」

えへへと少々表情を緩《ゆる》める彼女の頭の中は本日のお昼ご飯のことでいっぱいでした。

ところでこのように少々食い意地が張っている彼女は一体どなたでしょう？

そう、私です。

○

入国審査を終え、門をくぐった先にあったのは人通りで賑わう大通り。

『交易オルゴニア』は諸外国の交易の中心地ということもあり、他国からの多くの輸入品が流れ込んできます。

輸入品の中には当然ながら食材も含まれており、ゆえに『交易オルゴニア』は「ここに来れば何でもある」といわれ親しまれているほど。

あるいは小さな世界と呼ばれるほどに、市場《いちば》に並ぶ種類は豊富。

そして食文化もまた、この国の中で行き交うのです。

「わあすごい」

通りを少し歩けばじゅうじゅうと鉄板の上で肉を焼く音が鳴り響き、そこを通り過ぎれば串《くし》に刺されたお魚が火を取り囲み、かと思ったらやけに色とりどりなサラダが売っていたり、あるいは得体《えたい》の知れない謎の生物の煮物《にもの》が並んでいたり、そうして胃《い》もたれするような光景に疲《つか》れ始めたところで視界に入るのは無駄《むだ》にカラフルなスイーツ。おそらくはそのどれもが近隣諸国における伝統《でんとう》的《てき》な料理ないし人気の食べ物であるのは想像に難《かた》くありません。

驚くべきはこうして一例として挙《あ》げたのは通りに並ぶ料理のほんの一部でしかないということ。すれ違う人々の中には見たこともないような料理を食べる方が多くおられました。何でもあるといわれるこの国に釣られてやってきた観光客は、こうして国の中で他国の文化をつまみ食いしてゆくのでしょう。

料理人たちも腕《うで》によりをかけておられるようで、屋台《やたい》やキッチンの向こうに立つ料理人たちは忙《いそが》しそうにしながらも手際《てぎわ》よく美しい料理を作り上げていました。

素早《すばや》く動く様《さま》はまさにほとばしる雷《かみなり》の如《ごと》く。その手の中で生まれる料理は芸術品かのように美しく整っています。

どの料理も言うまでもなくおいしそうなものばかり。食文化が多彩ということはそれだけ競争も激《はげ》しいということであり、当然ながらこの国の大通りで店を開くためには極めて高い技術力が必要となるのでしょう。

料理人にとっては自らの技量を磨《みが》くためにはこの上ない舞台。

そして私のようなただの客にとってはどこで何を食べても絶対に満足できる最高の国。期待に膨《ふく》らむ胸《むね》の下、私のお腹がぐるぐる唸《うな》ります。御託《ごたく》はいいのでとっとと食べさせてくださいよと怒っているかのよう。

はてさて、ところで最初は何を食べましょう？

ふむと考え俯《うつむ》く私。

「最初の一発目、何食べよっかなー？　せっかくだし、有名なやつがいいなー」

いかにも新米な旅人さんが街《まち》の景観《けいかん》に目を輝かせながら通り過ぎていったのはその時でした。

有名なやつ。

観光ないし旅をした際、真《ま》っ先《さき》に浮かぶのがこの選択肢《せんたくし》でしょう。有名ということは皆が食べているということであり、皆が食べているということはまずくはないということ。探し方も簡単《かんたん》で、人が集まっている場所に行けばすなわち有名な料理にありつけます。

実際、その女性も「あ！　あれ見たことある！　人気のお肉屋さんだぁ」などと独《ひと》り言《ごと》を漏《も》らしながら、レストランの行列へと導かれていきました。

失敗をしたくないならばまさしくこの選択は間違いではありません。

最初の食事は有名なものにすべき——。

「ま、新米の旅人ならば、そう考えるのが普通ですよね……」

行列の最後尾《さいこうび》についた彼女の背中《せなか》を眺《なが》めながら「ふっ……」と意味深な笑みを浮かべる魔女が一人おりました。

そう——旅の玄人《くろうと》です。

私ほどの旅人になると「まず最初は人気な料理から食べちゃおーっと」などという観光気分万歳《ばんざい》の思考は門をくぐったその瞬間に切り捨てています。

玄人ゆえ、そのへんの旅人とは覚悟《かくご》が一味違うのです。この国一発目の料理を堪能《たんのう》するために私は前日夜から水しか摂《と》っていません。

「行列を見て『人気そうだから』と並ぶのは素人《しろうと》の考えですよ……新米さん」

ふふふと私は列の最後尾に並んだ彼女の肩《かた》に勝手に手を置いていました。

「え、なにこのひと」

「ノー。私は不審者《ふしんしゃ》ではありません」

玄人です。

などと言い張る私。

お腹が空きすぎてまともな精神状態ではないのです。覚悟が変な方向に作用してしまいました。

どうでもいいですけど人通りが多い場所ってこういう変な人多いですよね。

「いいですか？　新米さん。そもそもひとえに行列といっても、お店自体があまり大きくないため列が捌《さば》ききれていない可能性だってゼロではありません――つまり多く並んでいるように見えても実際のところ売上げはさほど伸びていないお店である可能性も考えられるのです」

聞いてもないのに勝手に講釈《こうしゃく》をたれてくる玄人。

新米さんはそんな玄人の言葉にとても感銘《かんめい》を受けていました。

「ていうかどなたですか……？」

とても感銘を受けていました。

「こういう場合に一番見るべきポイントは、列の長さではありません……」

では何なのか？

私は彼女に対して「ふふふ……」ともったいつけたのちに、語ります。

「料理人たちが何を食べているか、なのです」

指差す私。

その先にあるのはキッチンの中を動き回る料理人たち。一瞬《いっしゅん》の無駄もなく忙しく働いている彼らの手元をよく見てみると、仕事の合間、ごく稀《まれ》に、とあるお菓子《かし》を口に運んでいるのが見えるのです。

それはつまめる程度の四角くて細長い、なんとも質素《しっそ》なお菓子。見たことも聞いたこともないお菓子ですが、どうやら料理人たちの間では大流行《だいりゅうこう》しているらしく、立ち並ぶ屋台やレストランの多くで、料理人たちが懐《ふところ》にこのお菓子を忍《しの》ばせていることに私は気づいていました。並大抵《なみたいてい》の旅人では気づかぬことに私は気づいていました。ふふふ。

「そしてこのお菓子を入手する方法も私は既に気づいているのです……」

にやりと笑みを浮かべながら、私は道の向こうを指さします。

そこには台車を引きながらレストランの搬入口《はんにゅうぐち》から出てきたとある二人組の姿。

一人は疲れた顔した男性。見た目は三十代半《なか》ば。白い服を身に纏《まと》い、おそらく料理人であることが窺《うかが》えます。

そしてもう一人はおおよそ十二歳程度の小さな女の子。灰色のショートカットで、頭《あたま》に猫耳《ねこみみ》生《は》やした獣人《じゅうじん》さん。種族は違いますが、男性の娘さんでしょうか？　荷物持ちとして同行しているのか、背中には大きなリュックを背負《せお》っており、子どもがつけるにしては大きくて古びた包丁《ほうちょう》を腰《こし》に付けていました。

私の推測ではおそらく二人は料理人たちが愛してやまないお菓子を作っている業者——彼らが引いている台車には、料理人たちが食べている例のお菓子が山のように積まれていました。

「あれは舌《した》の肥《こ》えた料理人たちがこよなく愛する幻《まぼろし》のお菓子。おいしくないわけがありません。おそらく客にすら渡したくないと思っているほどの味に違いありません」

したり顔で持論を展開する私。

新米旅人さんは私のアドバイスにとても感動したご様子《ようす》でした。

「ていうかどなたですか……？」

とても感動したご様子でした。

「まあ細かいことは置いといて、とりあえずお菓子を買った方がいいと思いますよ。見ていてください」

お腹が空きすぎておかしくなっている私はそれから颯爽《さっそう》と髪を靡《なび》かせながら新米さんのそばから旅立ちます。

「その棒《ぼう》っぽいお菓子を一つくださいな」

そして台車を引いている男性の前に立ちはだかりました。

「…………」

男性はそんな私の顔をじろりと見つめて怪訝《けげん》な表情。

ひょっとしたら料理人御用達《ごようたし》のお菓子に相応《ふさわ》しい人間であるかどうかを見極めているのかもしれません。後ろにいた少女が露骨《ろこつ》に顔をしかめながら、

「こいつはおめーみたいな素人が食べるもんじゃにゃー」

などと険《けわ》しい表情で吐き捨てていることから察するにこのお菓子はやはり特別な代物《しろもの》であるようです。

であれば尚更《なおさら》。

「ぜひともお一ついただきたいですね。お金なら結構払えますよ」

はいどうぞ、とお財布《さいふ》を見せびらかす私。

「いや金の問題じゃにゃーが」

ふん、と鼻を鳴らすのは少女。どうでもいいですけどその口調何なんですか？

「ください」ともあれ、ずい、とお金を差し出す私。

「いやだから金の問題じゃ……」

「ください」

「……いや」

「ください」

「しつこいにゃあ！　なんじゃこいつ！」

もー！　と少女はその場で地団駄《じだんだ》を踏みました。駄々《だだ》をこねる子どものよう。しかし何と喚《わめ》いたところで無駄ですよ。

「ください」

私はもはやお菓子をもらえるまでその場を動かないしセリフも変えない厄介《やっかい》な人間と化していました。お腹が空きすぎると人類は常軌《じょうき》を逸《いっ》したことも平気で行うものなのです。

ほどなく私がそうして「ください」を連呼《れんこ》し続けたのち、観念した様子で少女は大きくため息をつきながら、男性に視線を傾けます。

「どうします？　ごしゅじん」

ごしゅじん？　親子だと思っていたのですがどうやら少々事情が異なるご様子。

「好きにしろ。俺《おれ》は先に行く」

ごしゅじんと呼ばれた男性は退屈《たいくつ》そうに首を振ったのちに立ち去ってしまいました。気力がさほどないのか俯きながら歩む背中は丸みを帯びているようにも見えます。

そんな彼を見送ったのちに少女は観念したようにため息を一つ漏らします。

「仕方《しかた》ねーなぁ。じゃあ一個だけ売ったげる」

そして言いながらお菓子をひとつ私に手渡してくれたのです。

「わーい」

お代として彼女が請求した金額は下記の通り、「基本的には観光客には売ってにゃーから、今回はとりあえず値段をつけてほしいにゃー」とのことでした。

ので、私は銅貨《どうか》一枚をぺいっと彼女の手に置きました。

ちなみに銅貨一枚はパン一枚と同等の価値です。

「こいつ……ッ！」

ゆえにイラっとした様子で少女は私を睨《にら》んでおりましたがそれはさておき。

「これ何というお菓子なんですか？」

「名前なんてにゃーよ。そいつはウチらにとっては特別なもんでもにゃーから」

「ふむ。名前がつけられないくらいに素晴《すば》らしい物ということですか」

「話聞いてた？」

それはさておき。

いただきまーす。

私はお口を大きくあけて、名前がつけられないくらいに素晴らしいお菓子を口に放り込みました。

「まっっっっっっっっっっっっっず」

その場で崩《くず》れ落ちました。

吐きそう。

「だから観光客に売りたくなかったんだにゃー！」

もー！　と頰《ほお》を膨らませながらも私の背中をさすさすとさすする少女。青い顔して俯く私。そんな二人のやり取りはまさしく酒におぼれた女性と介抱《かいほう》してあげる女の子の如し。「あの子昼間から酔《よ》っ払《ぱら》ってる……」などという視線を周囲から集めながらも私はともかく口の中にある異物《いぶつ》を吞《の》み込むことに全身全霊《ぜんしんぜんれい》を注ぎました。

名前のない菓子はこの世のものとは思えないほど壮絶《そうぜつ》なまずさだったのです。

「こいつはちょっとずつ食べなきゃダメなんだにゃー」

それから彼女は私を諭《さと》すように優しく語りかけてくれました。

曰く彼女たちが料理人たちに卸《おろ》しているお菓子は、あまりにもおいしくて料理人たちがこぞって愛用している代物――ではまったくなかったようです。

現実はむしろその真逆《まぎゃく》と言ってもいいでしょう。

「こいつぁ忙しい料理人たちが、短い時間の中で最低限の栄養補給ができるように作られたものなんだにゃー」

端的《たんてき》に言えば栄養剤。

お菓子一つで一日の栄養をすべて賄《まかな》うことができるように設計されており、つまり言い換えるならば一本丸ごと食べればそれだけでとてつもない量の栄養が口の中に流れ込んでくるということ。

基本的には一日かけてちょっとずつ食べてゆくのが正しい食べ方なのだと言います。

「なんでそれを先に言ってくれなかったんですか……っ！」キレる私。

「おみゃー、こっちの話ぜんぜん聞かなかったにゃー」

呆《あき》れた様子で答える少女。

味はとてもおいしいお菓子とは言いがたく、無味に近いのにとてつもない不快感《ふかいかん》だけが噛《か》むたびに口の中に広がります。呑み込んだ頃には二度と食べたくないという気持ちだけが胸の底から湧《わ》き上がりました。

「ま、これに懲《こ》りたら強引にお菓子を買うのはやめることだにゃー」

やれやれと言いたげな様子で少女は私の背中をポンと叩《たた》き。

それからほどなくした後で台車を引いて、「じゃ、ウチはごしゅじんのもとに戻るにゃー」と駆《か》け出してしまいました。

私は口の中から不快感が消えるのを待ってから、立ち上がります。

「酷《ひど》い目にあいました……」

悲しいことに一本丸ごと食べてしまったせいで私の中から空腹感が消えています。必要な栄養がすべて賄えるという言葉に嘘偽《うそいつわ》りはないらしく、栄養摂取したあとで平常心を取り戻した私の頭にまず訪《おとず》れたのはとてつもない後悔だけでした。

何であんなお菓子を食べてしまったのでしょう。

後悔しながらため息一つ漏らす私。

「あのう……」

私のローブをちょん、とつまみながら声をかけられたのはその時でした。

「はい？」と振り返る私。

見るとそこには先ほど平常心ではなかった私から何の役にも立たない話を散々《さんざん》聞かされていた新米さんの姿。

謝らねばなりませんね。

「さっきの話は忘れてください……」

「あ、いやまあそのつもりなんですけど」

新米さんはさらりと傷つくことを言ったのちに、私の足元に視線を落としました。「さっきの女の子、忘れ物してるみたいなんですけど」

「え」

視線を辿る私。

私の足元、その傍《かたわ》らには、私を散々苦しめた新品の名前のないお菓子の包《つつ》み――それから彼女が装着していた古びた包丁が一つ、置かれていました。

「………………」

はて、なぜこんなものが？　と首をかしげる私でしたが、一部始終《いちぶしじゅう》を見ていた新米さんは、「あなたを介抱する時に置いたみたいですよ」と説明してくれました。おそらく物騒《ぶっそう》な装備をつけたままでは身動きが取りづらかったのでしょう。

「…………」沈黙《ちんもく》を続ける私。

考えるに恐らく包丁は少女のご主人——男性の商売道具。

置いたままでは仕事がままならなくなることは想像に難くありません。どころか恐らく助手であるところの彼女が荷物を忘れてしまったことで、ごしゅじんとやらから責められる可能性も窺えます。

「これってまずくないですか」

新米さんは尋《たず》ねます。

私は頷きました。

「非常にまずいですね」

このままでは私のせいでいたいけな少女が怒られてしまいます——致し方ありません。私はその場で包丁を拾い上げたのち、彼女に送り届けることにいたしました。

急いで追いかければそのうち彼女たちの元に辿り着くことでしょう。

根拠《こんきょ》のない自信を胸に私はそれから少女と男性が進んだ先を見つめました。

人が賑わう『交易オルゴニア』。

その大通りはどこまでも続いているように、見えました。

お腹に詰め込まれた丸一日ぶんの栄養が続く限り私は歩きました。人も誘惑も多いオルゴニアの大通り。お腹を空かせたままではきっと少女の後を追うために平静さを保ち続けることは難《むずか》しかったことでしょう。

それほどまでにこの国は楽しそうなもの、美味しそうなものに満ちていました。

特に国の中央部まで辿り着くと人通りの多さはそれまでとは比較にすらならず、もはや少女が通ったかどうかすら確信が持てなくなりました。

街の中央、私は途方《とほう》に暮《く》れて辺りを見渡します。

見渡す限りが人、人、人。しかし落ち着いて見てみるとすれ違う横顔の多くがとある一点へと集まっているのがわかりました。

視線で辿ってみれば広場の向こうに巨大な丸い建物ひとつ。

『美食《びしょく》の祭典《さいてん》』

大きな文字でそのように書かれた看板《かんばん》の下に、人々は吸い込まれておりました。よくわかりませんが食に関する催《もよお》し物《もの》を行っておられるご様子。

人を追っていなければぜひともつまみ食いするかのように覗《のぞ》き見してみたいところですけれども——などと思考を巡《めぐ》らせながら私の視線は右へ左へ彷徨《さまよ》います。

「むむ」

ほどなくして止まりました。

ぴたりと私が見つめる先には見覚えのある背中が二つ。俯く大きな丸い背中と、その横で支えるように寄り添う小さな背中。

例の二人組です。彼らもまた大きな建物の中へと進んでいました。

ひょっとしたら彼らも『美食の祭典』を見るつもりなのかもしれません。

「すみませーん」

私はすぐさま追いかけます。

建物の内部は例えるならばドーナッツのよう。物騒に例えるなら巨大な闘技場《とうぎじょう》。無数の席が外周に沿って並べられており、その視線が見下ろす先の中央には広々とした空間ひとつ。青空の下、陽射しが降り注ぐ中にあるのは朽《く》ちた家々と林。それから畑と池。ところどころからは煙《けむり》が上り、武器がそこらじゅうに転がっていました。まるで戦場。さあどうぞその中で戦ってくださいと語りかけるかのような光景でした。

美食の祭典が何なのかさっぱりわかりませんでした。名前とは裏腹《うらはら》の物騒な光景に私は首をかしげながらも進みます。

幸いなことに二人は建物に入った直後に人混みから少し離れたところで立ち止まりました。焦《あせ》らずとも追いつくことは難しくないことでしょう。

だから私は人々の中をかき分けながら進みます。さながら泳ぐかのよう。

『美食の祭典へようこそ！』

どこからともなく声が響きました。

見れば建物内部の中央――空の中、男性がほうきで遊覧《ゆうらん》しながら声を張り上げていました。片手に握《にぎ》りしめた杖《つえ》で拡散された声が、辺り一面に散らばる雑音の上から重ねられます。

『それではここで改めて説明いたしましょう。美食の祭典は我が国において数百年前から続く伝統《でんとう》行事《ぎょうじ》――』

語る言葉はご親切にも私の疑問に対する答えでした。

美食の祭典とはこの国でも料理の腕に自信のある料理人たちが闘技場の中に集められ、数少ない食料を奪い合いながらも最良の料理を審査員に提供するというもの。

戦い抜き、最後に残った者には賞金と料理人としての名誉《めいよ》が与えられます。

追い詰められた状況においてこそ料理人の腕は輝きを放ち、曰くこの祭典において多くの新作料理ないし名料理人が生まれてきたといいます。

『しかし伝統は続けば続くほど刺激《しげき》が欲しくなるもの……皆さんそうですよね？』

数百年前から定期的に繰り返されすぎた弊害《へいがい》でしょう。人の欲は際限なく、刺激が刺激を求め、ただの食材の奪い合いでは満足できなくなるもの。

美食の祭典は最近、進化したようです。

『ということで近年では趣向《しゅこう》を変えて、魔物を放った闘技場の中でサバイバルしつつ料理対決をしてもらうことになりました』

…………。

進む方向、間違えてません？

などと思わなくもありませんが、まあ私には関係のないことですね。急ぐ私の足はやがてゆっくりとした歩みに戻りました。

件《くだん》の二人組のもとまで辿り着いたのです。

追いかけるだけで随分《ずいぶん》と遠くまで来てしまいましたが――落とした包丁を届ければこれにて私の仕事はおしまい。

いい運動になりましたし、あとは美食の祭典でも眺めてから観光に戻るとしましょう。

「あのう――」

というわけで私はこちらに背を向けている少女へと手を伸ばし。

「――む。イレイナではないか」

かと思ったら肩を叩かれました。

はて？　こんなところに私のことを知る人間が？

一体ぜんたいどなたです？　私はすぐさまくるりと振り返ります。

「げ……」

直後に出た声がこれでした。

そこにいたのはバカでかい包丁を抱えた一人の女性。

髪は茶色、後ろ一つにシニョンでまとめられており、瞳は緑。シンプルな布の服を身に纏い、黒のパンツとロングブーツを履いています。

私の名前を呼んだことから察せられる通り、彼女は私の顔見知り。

「ナナマさん……」

名前を口にしながらも私の脳裏《のうり》に蘇《よみがえ》るのは少々風変わりな料理の数々。

彼女は料理人。

主に魔物を食材とした料理を専門とする少々変わった料理人。

「こんなところで再会するとは驚いたな。お前、こんなところで何をしているんだ？」

ふむー？　と首をかしげながらもじろじろと私を見つめるナナマさん。いやあ何をしているのかと言われましても、

「あなたこそこんなところで何してるんですか？」まさか再びお会いするとは思ってもいませんでしたけど。

「何をしていると言われてもな。私とて料理人の端《はし》くれだ。こんな面白そうな催し物がやっているなら来ないわけにもいかないだろう」

ははあ。

「観戦して新作料理の参考になさるつもりですか」たしかに独創的な料理の参考にはなりそうな舞台ですね。

などと語る私。

彼女は首を振りました。

「いや参加するつもりだが？」

それから彼女は包丁を見つめながらうへへと笑うのです。「なぜならこの祭典では大量の魔物が

解き放たれるということらしいからな……新しい料理を試し放題だ……」

…………。

魔物ってたぶん食材として使われる目的で闘技場内に解き放たれるわけじゃないと思うんですけど……。

あなただけ趣旨《しゅし》が違うのでは？

などと思わなくもありませんが、これもまた私にはさほど関わりのない事柄《ことがら》でしょう。

「まあ頑張《がんば》ってくださいね。観客席からあなたの勇姿《ゆうし》を眺めさせてもらいますから」

包丁を少女に届けた後で、ですけど――と私は思いを巡らせながら、踵《きびす》を返して二人の方へと向きました。

けれど。

「お前は何を言っているんだ？」

ナナマさんから少々困惑した様子の声をかけられて、私はさらに再びくるりと反転。

いや、何を言っているんだ？　と言われましても。

「ひょっとして私を料理人仲間か何かと勘違《かんちが》いされてます？」

「包丁持ってるじゃないか」

いや持ってますけど。

「料理するために持ってるわけじゃありませんよ」

やれやれと肩をすくめる私。以前お会いした時に言いませんでしたか？　私は旅の魔女。

料理人ではございません。

「ふむ……？　そうなのか……？」

はっきり語る私に対してナナマさんは依然《いぜん》として釈然《しゃくぜん》としない様子で首をかしげていました。「私はてっきりお前も参加して魔物を狩るつもりなのかと思ってたのだが」

「仮に参加するとしても魔物を食べようと思ってるのはあなただけだと思うんですけど」

多分参加する趣旨間違ってますよあなた。

「しかし参加しないなら今ここにいるのはまずくはないか？」

「はい？」

まずいって、何がですか？

疑問のままに首をかしげる私。

すると彼女は口を開き。

それから一言。

「ここは美食の祭典の参加ゲートだぞ」

「はい？」

――がしゃん。

などと硬《かた》い音が鳴り響いたのはちょうどその時。

『ただいまをもちまして、美食の祭典、参加の受け付けを打ち切らせていただきます！』

疑問に疑問が次ぐ中で観客たちの歓声《かんせい》とともに声が鳴り響いたのは、その時。

「ここにいる人間は全員強制的に美食の祭典に参加させられることになるんだよ」

困惑する私の真横でナナマさんはそのように付け足しました。

そして彼女の言葉を肯定するかのように、私たちが立っている床《ゆか》が音をたてて沈《しず》んでいきます。

その時になって気づきました。私たちが立っていた場所は、ちょうど闘技場の目の前にあることを。

床がゆっくり沈み、視界が開けた時、まず最初に見えたのは朽ちた家と林。それから小さな池と畑の数々。

闘技場が目の前に広がっておりました。

先ほど見下ろしていた場所が目の前にありました。

『それでは選手の入場です！』

大歓声とともに、用意された舞台の中に料理人たちがぞろぞろと現れます。一人ひとり、次から次へと、我こそが最高の料理を作らんと意気揚々《いきようよう》と入場していきます。

まことに不思議なことに、その中にひとり、よくわからない人物が一人、紛《まぎ》れ込んでおりました。

それは一体どなたでしょう？

「――ふはははははははははははっ！　魔物はどこだあああああああああああああ！」

そう、魔物の料理人ことナナマさん――ではなく。

本日三度目。

「はい？？？？？？？？」

そう、私です。

○

これ棄権《きけん》とかできないんですか？　私べつに料理しに来たわけじゃないんですけど。

会場に放り込まれたのちに真っ先にそのように思ったものでしたが、しかし現実は厳《きび》しいものです。

『まず最初に言っておきますが今大会を棄権することは許されません』

口を開こうと思った途端に空を遊覧する魔法使いの男性――おそらくは司会さんから、真っ先に否定されました。

何なんすか。

『伝統でそういうルールになっていますので、参加された皆様にはぜひとも正々堂々《せいせいどうどう》戦っていただきたい』

うむ、と頷く料理人たち。その横で不満たらたらな私。

司会さんはそれからルールの説明を改めて始めました。

美食の祭典はこの国における伝統行事。

『参加者の皆様は会場内にある食材を自由に使っていただき、料理を作ってください』

会場のいたるところに畑がありました。お魚は池の中。お肉は魔法使いが定期的に空から落としてくるそうです。

ちなみに調理のための火おこしも自分で行わなければならないそうです。

魔法使える人にはかなり有利なルールですね。

『ちなみに魔法を使った場合、退場および罰金《ばっきん》となります』

…………。

全然有利じゃなかったです。

『祭典の最中、数時間に一度の頻度《ひんど》で審査員が会場隅《すみ》のステージに登壇《とうだん》します。出来上がった料理はすみやかに審査員のもとへと持っていってください』

料理はその場で審査。

味が悪ければ失格。味がよければ合格となり、最後まで生き残り続けた者が祭典の優勝者となるそうです。

ふむふむ。

これはつまりわざとまずい料理を提出すれば失格となる、ということでは――――？

『ちなみに失格となった者は退場と同時に罰金です』

…………。

閉口《へいこう》しました。

なんか罰金になる条件多くありません？

『それでは祭典、開始！』

むむむと見るからに不機嫌《ふきげん》になってゆく私をその場に放置したまま、美食の祭典はこうして幕を開けました。

「イレイナ。よければ私と組まないか？」

罰金払うのは嫌ですけど祭典で優勝するのも難しそうですし……などと頭を抱える私に突然差し伸べられたのは斯様《かよう》な救いの手。

顔を向けるとなぜだか自信に満ちた顔のナナマさんの姿がありました。

「お前とペアを組めばいいインスピレーションが湧《わ》いてくる気がするんだよ」

ふふふ、と笑みを浮かべる彼女でした。

「チーム戦とかありなんですか」

「客商売において料理はチームで作るものだぞ。むしろ個人参加している人間のほうが少ないくらいだ」

見てみろ、と視線を会場内に向けるナナマさん。

言われてみればその通り。

既に会場内において食材の調達《ちょうたつ》を始めた他参加者たちの多くは、複数人で行動を共にしておりました。

それはたとえば何名もの黒服の使用人を引き連れているお嬢様であったり。

あるいは料理人とその横で特に大事でもない話を延々《えんえん》と語っているおばさまであったり。

そして疲れた顔の男性と、寄り添う小さな女の子だったり――。

「これまでの優勝者もその大半がチームで戦ってきた者たちだそうだ。出てくるアイデアが多ければそれだけ有利だからな」

「お詳しいんですね」

「なぜだかわかるか？」

「いや知らないですけど」

「それは私がこの祭典で天下を取るつもりだからだ……！」

ふはははは！　などと胸を張りながら笑うナナマさん。私は彼女の提案に渋々《しぶしぶ》ながらも了承《りょうしょう》し、行動を共にすることとしました。

仲間がいれば行動しやすいのは私も同じ。もとより他の料理人と戦っても勝ち目がない以上、彼女の力を借りることができれば何より心強いことでしょう。

食材がちょっとアレですけど。

「ふふふ……さて、二人でどんな料理を作ってやろうか……」

既に私にも料理させる気満々ですけど……。

それはさておき。

「とりあえず協力はしますけど、一旦《いったん》ちょっとお時間いただいてもいいですか？」

これから作る料理に思いを馳《は》せるナナマさんの前で私は会場の向こう側を指さしていました。

そこにいるのは件の二人組。

「実はちょっと落とし物を届けないといけないんですよ」

いい加減、落とした包丁を送り届けてあげたいんですけど。彼女たちだってお料理ができないと困るでしょう？

などと私は彼女に語りかけたものですけど。

「はんっ！　イレイナ、ここは戦場だぞ？　何を悠長《ゆうちょう》なことを言っている」

鼻で笑われました。

直後です。

『これより魔物を会場に放ちます！』

がたがたがた――と会場の隅にあった大きな扉が開かれました。

中から飛び出てきたのはありとあらゆる魔物たち。陸を走り、空を飛び、そして水の中に潜《ひそ》んでゆく、魔物たち。

「――落とし物を届ける余裕なんてあると思うか？」

会場が歓声に包まれるなか、私の相棒《あいぼう》たるナナマさんは舌《した》なめずりしながら自らの包丁を抜きました。

「……………」

どうやら落とし物を返すまで今しばらく時間がかかるご様子でした。

一流を目指して『交易オルゴニア』へと留学にきた料理人。学生時代からお酒がとにかく好きだった彼は、お酒に合う料理を自身で作っているうちに、料理の道へと歩み出しました。地元の国では今や彼を知らぬ人はおらず、ありとあらゆる至高《しこう》のレシピを生み出してきた彼の優勝を人々は信じていました。

「うわあああ！」

が、最初の脱落者《だつらくしゃ》は彼でした。

食材調達のために芋《いも》を掘《ほ》っていたところ偶然にも土に潜《もぐ》っていた魔物と遭遇してしまい普通に倒されました。

「ふっ……芋掘りをする時には道具を使うのが常識だろ……小僧《こぞう》」

一流料理人の脱落を嘲笑《あざわら》うのはハードボイルド料理人。ハードボイルドな見た目の料理人です。

しかし何がどうハードボイルドなのかここで改めて描写《びょうしゃ》をするつもりはありません。

「そもそも食材に芋を狙うなどと素人が考えることだ……。男ならまず最初に釣《つ》りをする……そうだろ？」

なぜなら彼もまた即座《そくざ》に脱落したからです。

こんなセリフを言いながら釣竿《つりざお》を池に放った直後に普通に巨大なカエルに呑《の》まれました。

「うわああああああああああ！」

その場には彼の断末魔《だんまつま》と釣竿だけが取り残されました。

「おほほほほ！　素人はこれだから困りますわ！」

次々と料理人が脱落してゆく中、確信に満ちた笑みを浮かべるのは参加者の一人――執事《しつじ》を引き連れたお嬢様。

彼女とその周りの黒服たちが織りなすのはまさに統率《とうそつ》のとれたチームワーク。ひとたびぱちんと指を弾けば黒服が魔物の合間を縫《ぬ》って食材を調達し、そして再びぱちんと弾けば調理器具を手渡し、再度指を弾けば火を起こします。

余談ですが今回の祭典では調理のための火おこしなども自分で行わなければならないそうです。

さらに余談ですが彼女たちが火を起こしたのはちょうどイノシシっぽい魔物の住処《すみか》でした。

「おほほほ――おほ？」

ほどなくしてお嬢様のチームが華麗《かれい》に宙を舞いました。

魔物によって脱落が確定した料理人たちは、上空で監視をしている魔法使いによって回収されます。

死人が出ないための配慮《はいりょ》でしょう。お嬢様たち含め、他の脱落者たちもすべて救出され、会場隅に用意された小部屋へと運ばれます。

そこはちょうど会場に用意された審査ステージの真横。

生き残った参加者たちに下される審査の様子を特等席で見られるというわけですね。

「――ふむ、それで、君たちはどんな料理を持ってきたのかね？」

審査員席に座るのはたくましい髭《ひげ》を蓄えたいかにも料理の重鎮《じゅうちん》といった出で立ちの男性でした。

審査基準は実にシンプルで、彼が「美味い」と思えば合格。そうでなければ不合格。

魔物からの妨害を振り切り、無事に料理を完成させた者だけが、彼の元に集まります。

「こいつが私の料理だ――！」

一番最初に辿り着いたのは旅の魔女と料理人の二人によって組まれたペア。

つまるところ私たちです。

ことん。ナナマさんは自慢《じまん》の一皿を置きました。

「……これは？」

怪訝な表情を浮かべる審査員さん。そこにあるのはとても直視《ちょくし》できないような、極めて名状《めいじょう》しがたい外見のお料理でした。

「なんかよくわからん触手《しょくしゅ》のバケモンの照《て》り焼《や》きだ」

そしてメイン食材はお名前の通りなんだかよくわからない触手の化け物です。私たちが林の中で食材（食べられるほう）を探していたところ、変な触手が現れたため、ナナマさんが普通に倒して普通に処理しました。私はといえばその辺で草をちぎってました。

こうして完成したのが魔物料理。極めて怪《あや》しい見た目をした料理でした。

以前お会いした時は魔物料理でももう少しまともな見た目をしたものを作ってくれたはずなのですが――どうやら彼女も旅の中で趣味嗜好《しゅみしこう》が変わったのでしょうか。お料理の見た目はとってもグロテスク。

審査員の反応はとても正直でした。

「うーん……なんだろう、このビジュアルがよくないのかなぁ」

食べたくなさそうでした。いつまでもフォークに触れることなく、代わりに顔をしかめながら自らのおひげを撫《な》でます。

「あのさぁ、一応言っておきたいんだけどさあ、美食の祭典って大会だから、会場内の出来事は客も俺も大体把握《はあく》してるわけ。君が料理作ってる工程とかもちろん見てたし、その間に交わしてた会話も全部聞いてるんだよねぇ。何？　魔物料理が好きなの？」

急に説教が始まりました。

なるほどさすがにここは闘技場さながら。プライバシーなどは考慮《こうりょ》されてはいないようです。

ここでの会話はすべて会場内の全員に筒抜《つつぬ》けと思ったほうがいいでしょう。

目の前の一皿のえげつない外観に審査員は大変難色《なんしょく》を示されておりました。

「これ食材、魔物でしょ？　魔物ねえ……。おいしい、おいしくない以前にさぁ、食べたいって気にさせてくれな――」

「うるせえ！」

ぐしゃあああっ！

ナナマさんはそんなごちゃごちゃうるさい口に魔物料理を無理やりねじ込みました。

ちなみに今回のお料理は試食したナナマさん曰くもっちり食感とろとろジューシーとのことでした。意味がわかりませんでした。

「うっま……」

まことに意味がわかりませんでした。

食べたとたんに表情とってもとろとろな審査員さん。

「よっしゃあああ！」

ふははは！　笑うナナマさん。

私たちは魔物料理による謎の魔力によって無事合格となりました。

大体このような流れを何度も繰り返して優勝者を決めるそうです。

「イレイナ、今のうちに決めておけ」

ひとまず合格を勝ち取ったのち、壇上《だんじょう》から降りながらナナマさんは私の肩に手を置きました。

決めておけ？

「何をですか？」

「今日の賞金で買うものさ――」

既に優勝見据《みす》えてる……。

無駄に心強いナナマさんに連れられながら、私は再び会場内へと戻るのでした。

◯

一見すると魔物があちこちに彷徨《うろつ》いている今回の祭典は普通の料理人には耐えられないような内容なのではないかと思っていたのですが、存外そうでもないようで。

一度目の審査を抜けたあとに周りを見渡してみると意外にも料理人たちはまだまだ残っておりました。

「ふっ……奴らも戦いの中で成長している、ということか……気を抜けないな」

そしてそんな料理人たちを上から目線で眺めるナナマさん。

魔物たちも会場に放り込まれた直後は興奮して暴れていましたが、しばらく経《た》つと落ち着いてくるものです。

料理人たちもその事実に気づいたようで、視界に入らないように上手く身を隠したり、あるいは失敗した料理などを囮《おとり》にして魔物の気を逸《そ》らすことで生き延びていました。

少なくとも真《ま》っ向《こう》から戦おうとしているのは私たちだけです。

「なにか欲しい食材とかありますかー？　ナナマさん」

そしてそんな私たちが今何をしているのかといえば会場内の民家の探索。彼女が魔物の狩猟と料理を主に担当してくれているので、私はそれ以外の食材や調味料の調達を請《う》け負《お》うことにしたのです。

何が欲しいのです？

尋ねる私に彼女は視線を向けつつパチリとウインク。

「お前が用意してくれたものなら何でも嬉《うれ》しいよ」

「気前のいい父親みたいなこと言ってる……」

「ちなみにこういうふうに言っているが内心ではお前が期待に沿《そ》えるものを持ってきてくれると

思っているし、もしも持ってこなかったら滅茶苦茶《めちゃくちゃ》にキレるぞ私は」

「しかも家庭内暴力振るってるタイプの父親だ……」

ひとまず私は呆れつつも食材集めに勤《いそ》しみました。会場内にある民家は安定した環境でお料理ができる場所でありながら、あまり魔物に狙われない安全地帯。

そのうえ、たまにいいものが置いてあったりするのです。

「わあ」

運がいいことに訪れた民家は私たちが一番乗りだったご様子。

なのでいいものが部屋の中に普通に置いてありました。

「宝箱ありましたよ、ナナマさん」

わーい、と喜びながら彼女にご報告する健気《けなげ》な私。どうです？　有能でしょう。えへんと胸を張りながらも私は成果物を彼女に手渡し、

「とりあえず開けてみましょう」

とご提案。

「うむ！　中身が楽しみだな」

期待しつつ彼女が宝箱に手をかけます。

——中から出てきたのは高級霜降《しもふ》り肉でした。

「わあい高級霜降り肉。いいですねぇ、高級霜降り肉」

焼いただけで美味しそう、などと喜ぶ私。

「いらん」

ぶんっ――――！

一方でナナマさんは高級霜降り肉を窓の外に思いっきり放り投げました。

綺麗な弧《こ》を描いてあっという間に会場遠くに消える肉。

……はー？

「なんなんすか」

「お前は家畜《かちく》の餌《えさ》を与えられて喜ぶタイプの人間なのか？」

「いや価値観あなただけズレてるんですよ」

ため息つきながら肩をすくめる私でした。

ある程度探索が続くと落ち着いてくるもので、私たちは斯様な食材集めをしながらも他愛《たあい》もない会話を何度か繰り広げました。

思い返してみればナナマさんとお会いしたのはこれで二度目。

そして彼女も一応旅人。

「そういえばナナマさん、この国で何かごはんは食べましたかー？」

私は探索の最中――――畑で作物を引っこ抜きつつ汗を拭《ぬぐ》いながら尋ねておりました。まるでお友達同士の雑談を投げかけるが如し。

「ふんっ……！　はあっ！　……この国で、食事か！　まだしていないな！」

ちなみに彼女は現在、巨大クマっぽい魔物と殴《なぐ》り合いをしている最中でした。なぜ無傷《むきず》なのか不思議でなりません。

しかし何も食べていないとは。

「たくさん料理があったのに勿体《もったい》ないですね」

「食べる気が起きなかったんだよ」

「やはり魔物料理じゃないと食が進みませんか？」

「そうじゃなくてな――せいやっ！」

巨大クマを池に放り投げたのちに彼女は一息ついて、言いました。「私のような人間にとっては大通りの光景は見ているだけでも辛《つら》くてな、だから食べる気にもならなかったんだ」

「……辛い？」

何がです？　不思議に思う私でしたが、彼女はゆるりと首を振りながら、「それが料理に人生をかける者の価値観ということだ」と肩をすくめます。

それから程なくして池から再び立ち上がる巨大クマに回《まわ》し蹴《げ》りを喰《く》らわせながら、

「お前はどうだ？　何か食べたか？」

と尋ねるナナマさん。

「栄養剤を食べましたよ」

「そういうモノが好きなのか。お前も存外、変わり者じゃないか」

「同類見つけたみたいな顔で見ないでください……」

私だってべつに栄養剤食べたかったわけじゃないんですよ……。私は簡単にことの顚末《てんまつ》を彼女に説明しました。

大して興味を惹かれなかったようでナナマさんは「ふうん」と頷き、

「料理人なんて研究のためにまずい物でも何でも食うから参考にならんぞ」と、極めて高い説得力込みのありがたい言葉をいただきました。でもそういうのは数時間前の私に言っていただきたいですね。

話のついでに彼女は首を軽くかしげます。

「ちなみにお前、好きな物は何だ？」

好きな物ですか。

「何です？　作ってくれるんですか？」

「暇《ひま》があったらな」

ならば覚えておいてください。

「私はパンがこの世で一番好きです」

「だったら入国直後もパン屋に行けばよかったのにな」

「それは私もそう思います」

そういえば、結局まだ、栄養剤を売ってくれた少女に落とし物を返せていませんね――私は懐に手を入れて、包丁を取り出していました。

たまたま話している最中に思い出したわけではありません。

彼女が視界に入ってきたから思い出したのです。

「にゃあああああああああああああああああっ！」

叫び声をあげながら。

畑の中を全力疾走《ぜんりょくしっそう》する小さな少女。灰色のショートカットで、動きやすそうな格好。背中に背負うのは大きなリュック。それはまさしく入国直後に出会った彼女でした。

『ガルルルル……！』

そしてなぜか狼《おおかみ》っぽい魔物に追いかけられておりました。頭の高さは少女よりも少し上。お口は大きく、少なくとも一口噛まれただけでも大惨事《だいさんじ》。

「た、たすけてくれえええええええっ！」

ゆえに少女は涙《なみだ》を撒《ま》き散らしながらこちらへと突き進んでおりました。

何があったのかはさっぱりですが、私たちに助けを求めていることだけは間違いありません。

助けるべきでしょうか？

言うまでもありませんね。

「ほう……？　なかなかうまそうじゃないか……」

少なくともよだれを拭うナナマさんの中にこの場を無視してやり過ごすという選択肢は皆無《かいむ》だったことでしょう。

気がついた時には彼女は駆け出していました。

「ふはははははははっ！」

それからの出来事は流れるようにとても鮮《あざ》やかに過ぎていきました。

逃げてくる少女。追いかける狼っぽい魔物。

その正反対から高らかに笑いながら駆けてくるナナマさん。

「ひいっ！」

明らかにヤバイ雰囲気《ふんいき》の彼女に一瞬《いっしゅん》たじろぎ、少女の足が止まります。その一瞬が命取りでした。

背後に控えていた狼っぽい魔物は少女の肩のあたりを狙って大きな口を開けました。

「ふうん？　いい歯並びしてるじゃん……」

しかしその時には既にナナマさんは魔物のすぐ真横でつるつるぴかぴかの歯をじっくり観察しておりました。

『……！』

餌を横取りされた犬のような表情で驚く狼っぽい魔物。

おそらくは本能的に「なにこいつヤバ……」と思ったのかもしれません。魔物は即座にナナマさんに対して牙《きば》を剝《む》きま――

「せいやっ！」

池に放り投げられました。

以上。

完封《かんぷう》。

盛大《せいだい》に上がる水飛沫《みずしぶき》をシャワーのように浴びながら、ナナマさんは涼《すず》しい表情で「今日は大漁《たいりょう》だな……」などとぬかしておりました。

何はともあれこうして少女はナナマさんの活躍により命を救われたのです。

ゆえに彼女はその場で立ち止まったまま、言いました。

「え、何あの人こわいにゃー……」

………。

それは私もそう思います……。


「助けてくれてありがとうだにゃ」

一段落《いちだんらく》したところで改めて少女は私たちにお礼をしてくれました。

彼女の名前はラヴィリスタ。

今回の祭典のために一緒にいた男性はシドさん。ここに来る前に語っていたように、彼女のご主人にあたる方であるようです。

自己紹介いただいたので私たちもお名前を語らねばなりませんね。

「私の名前はイレイナです」

「そして私は世界一の料理人」

「この人はナナマといいます」

「世界一の料理人と覚えてくれ」

ふざけた自己紹介を繰り返すナナマさんにラヴィリスタさんは「とりあえずヤバイ人だってこと

だけはわかったにゃー」と頷きます。まあもうその覚え方でいいです。

「で、さっきは何で追われてたんですか？」

おそらく魔物を刺激してしまったのでしょうけれども――見たところ同行していたシドさんとやらもご一緒ではないご様子。

はぐれてしまったのでしょうか？

それとも何かよからぬ失敗をしてしまったとか？

「いやあ、実は……」

疑問をそのままぶつけた私にラヴィリスタさんは眉根《まゆね》を寄せていました。

どうやら彼女もいまだに何があったのかを理解できていないご様子。それから彼女はぽつりぽつりと自らの身に起きた不可解な出来事を一つひとつ確認してゆくように語ってくれました。


ことの発端《ほったん》は今から数分前。

「ごしゅじん、次の審査もがんばるにゃ！」

「ああ……」

あまり元気ではないシドさんの手を引きながら、彼女は歩きます。最初の審査で見事においしい料理を披露《ひろう》してみせた二人。

次の審査もこのままいけば問題ない。そう思いながらも彼女は歩きました。

そんな最中のことでした。

「それじゃあ次は何の料理を――ん？　ご、ごしゅじん、やべーにゃ！　狼っぽい魔物がすぐそばにいるにゃー！」

そそくさとシドさんを引き連れて物陰《ものかげ》に隠れるラヴィリスタさん。その対応は正解でした。嗅覚《きゅうかく》の鋭《するど》い狼の魔物は二人が接近した途端に、匂《にお》いを嗅《か》ぎながらこちらの方へと振り返ってきたのです。

彼女たちはただの料理人。

最初の審査の際も、魔物から上手に隠れることでやり過ごしていました。

ゆえに今回も同じ手法で生き延びようとしました。

「さあ、逃げるにゃ――」

シドさんの手を引くラヴィリスタさん。

「ああ……」

頷くシドさん。

まことに意味不明なことに二人がそうして音をたてずに歩き出した直後にどこからともなくぺたーん！　と赤い物体が飛来してきました。

「？」

なにこれ。

足を止める二人。

拾い上げるシドさん。

「肉だ……」

それは高級霜降り肉でした。

見たまんまの言葉を漏らす彼。

ご存じかもしれませんがお肉は狼の大好物。飛来したお肉の匂いをすぐさま捉《とら》えるなど容易《ようい》なこと。

故《ゆえ》に直後。

『ガルルル……ッ！』

え？　何それ！　肉じゃん！　くれよ！　と言わんばかりの勢いで狼っぽい魔物はシドさんに突進。手に持っていた肉を奪い取りました。

「ぐあああああああああああああ！」

突き飛ばされたシドさんは会場の彼方《かなた》へと飛んでいきました。

「ご、ごしゅじんー！」

おお何と可哀想《かわいそう》なラヴィリスタさん。

不幸な事故でご主人を失った彼女は、ほどなくして狼っぽい魔物から目をつけられ、会場内をひたすら追い回されることとなったのです――。

「ということでなんかひでぇ目にあったんだにゃー」

たぶん他の参加者の罠にハマっちまったんだにゃ、と悲しそうに語るラヴィリスタさん。シドさんは当然ながら脱落。現在は審査員席近くの小部屋にて他の脱落者共々待機させられているようです。

なんと哀《あわ》れなお話でしょう。

「高級霜降り肉を罠に使うとは……酷いやつもいたものだな……」

ナナマさんは彼女の肩に手を置きながらも心の底から同情しておりました。

………。

「たぶんあなたのせいですよ」

「うるさいぞ」

私を肘《ひじ》で突きつつもナナマさんはラヴィリスタさんに対して優しく語りかけます。「しかしラヴィリスタ。ご主人がいなければ料理もままならないだろう。どうだ？　ここから先は私たちと一緒に行動するか？」

「原因つくったのたぶんあなたですよ」

「うるさいぞ」

二度目の肘打ち。こつん、と私の懐に収めていた包丁に当たりました。

そういえば彼女に返さねばならないものがありますね。

今のうちに渡しちゃいましょう。

「あとこれどうぞ」

はい、とラヴィリスタさんに手渡すのは古びた包丁。おそらくはご主人たるシドさんのために持っていたものでしょうし、今となっては荷物にしかならないかもしれないですけど。

お守り程度にはなるのではないでしょうか？

などと私は思っていたのですけれども。

「おー。ありがてぇにゃー」

少々勘違いしていたようです。

包丁を受け取り、その刃を愛《いと》おしそうに眺めるラヴィリスタさんは、ほどなくして私たちに対して、首を振ったのです。

彼女はシドさんの荷物持ち。

ではなく。

「私も料理人の端くれ。これはごしゅじんの包丁じゃにゃあ。私の包丁なんだにゃー」

まったく、人は見た目によらないものです。

それからえへんと腰に手を当てて、彼女は改めて私たちに宣言するのです。

「同行するっつー提案は嬉しいけど、おみゃーたちは私のライバル。敵の手は借りるつもりはねえにゃ」

シドさんを失った今、今回の祭典をたった一人で生き抜くつもりなのでしょう。彼女は「まあ助かったにゃー」と手を上げ、それから一人、歩き出してしまいました。

残念。

仲間が増えればそれだけ勝率も上がると思ったのですけど。

「振られちゃいましたね」

「そのようだな」

肩をすくめる私たち。

去り行く小さな背中を私たちはただ見つめていました。

○

それから私たちは度々ラヴィリスタさんと遭遇することとなりました。

「こいつが私の料理だ――――！」

「これが私の料理にゃ――――！」

それはたとえば審査の時。

偶然にも彼女と一緒のタイミングで審査員のもとに私たちは辿り着きました。意図しない再会に私たちは顔を見合わせながらも、競い合うようにお皿を置きます。

「私は審査に私情《しじょう》を挟《はさ》むつもりはない。君たちの料理も平等に評価するつもりだ」

審査員はそのように語りながら審査員席から二人をそれぞれ見つめたのち、料理の審査に入りました。

一つ目はラヴィリスタさん作。

その辺で釣った魚を使ったムニエルでした。

「うまいね！」

シンプルな味付けがグッドとの評判でした。「小さな女の子が頑張って料理作っているのを見ると応援したくなっちゃうんだよねぇ。実は俺の娘も君みたいな年でさ……」

頑張ってね！　などと前のめりになる審査員。

いやめちゃくちゃ私情挟んでるじゃないですかという突っ込《つっこ》みが胸の底から湧きましたが私はひとまず呑み込みました。

二つ目の料理はナナマさんが倒した魔物の料理。

「うわまたゲテモノかよ……落選させようかな……」

審査員はナナマさんの一皿を見るなり顔をしかめました。先ほど無理やり触手料理を食べさせられた思い出が蘇ったのかもしれません。

「さっきも思ったけどなんかこれ食べる気にさせてくれないんだよねぇ……何この食材。魔物？　そういうゲテモノ料理とかはちょっと受け付けないっていうか……何でこれ皿の中でうにょうにょ動いてんの？　魔物のどの部位これ？」

「おらぁ！」

ごちゃごちゃうるさかったので無理やり口にねじ込みました。

「うっま……」

合格だそうです。

審査が終わった後も私たちは彼女を見つけました。

「にゃあああああああああああっ！」

彼女は巨大蜘蛛《きょだいぐも》の巣に引っかかって身動きが取れない状態にありました。動けば動くほど糸が絡《から》んで尚更《なおさら》動けなくなる様はまるで罠にはまった鼠《ねずみ》の如し。

「わあ何やってるんですかあなた」「食材の真似事《まねごと》をする趣味でもあるのか？」

「おみゃーたち、いいところに！　助けてくれにゃあ」

私たちを見るなり彼女は泣き出します。

仕方ないですね……。

私とナナマさんの二人で協力して巣から彼女を解放して差し上げました。何と優しい私たち。

「ふ、ふう……助かったにゃー……」ほっと彼女は安堵《あんど》しておりました。

「蜘蛛が不在でよかったですね」

でなければ今頃、失格となっていたことでしょうし。

「そういえばたしかに。魔物はどこに行ったのかにゃー？」

むむー？　と首をかしげるラヴィリスタさん。

ナナマさんはそんな彼女の肩を叩きながら目を輝かせました。

「うまかったぞ！」

「は？」

カニみてぇな味だったそうです。

別の機会でも私たちは何度となく彼女を見ました。

例えば池に食材を探しに行った時。

「ぎにゃあああああああああっ！」

彼女は巨大クマに追いかけまわされておりましたし。

さらに、民家の中を探索している時。

「ミエナイ……コワイニャ……」

彼女は宝箱に扮《ふん》した魔物に上半身をがっつり咥《くわ》えられておりました。

あるいは私たちが原っぱで卵を拾っている時。

「ああああああああああ！」

彼女は普通に鳥形の魔物に連れ去られていました。

………。

私たちがすぐそばを通りかかっていなければきっととうの昔に脱落していたことでしょう。

「何なんですかあなた」

「やっぱり食材の真似事する趣味でもあるのか？」

何度目かの邂逅《かいこう》ののち――魔物から助けて差し上げたのち。

私とナナマさんは二人並んで彼女に尋ねました。

「……ごめんなさいにゃ」

古い民家の中。

床の上でぺたんと座り込みながら、ラヴィリスタさんは俯きます。私たちが見下ろす中でしゅんとしているその様は、粗相《そそう》をして飼い主に叱《しか》られる子猫のよう。

「食材集めのために随分と無理をなさっているみたいですね」

私が語りかけると、彼女は口を尖《とが》らせました。

「おみゃーたちと違って、私は無理をしないと食材を集めらんねぇにゃ」語る彼女の格好は既にボロボロ。

服もリュックも泥《どろ》だらけ。

「その割には成果は上がっていないようですが」

魔物を刺激するような危険を冒《おか》してでも食材を集めたかったのでしょう――しかし現実は甘くありません。

彼女の手元にあるのはどこでも拾える芋と香辛料《こうしんりょう》。

これでは料理などままなりません。

「くうう……、もうちょっとで優勝なのに……」

握った拳《こぶし》を床にこつんと叩きつけつつ、彼女はたいそう悔《くや》しがりました。

彼女の相棒であるシドさんを含め、既に結構な人数が今回の祭典を脱落しています。恐らくは次の審査で優勝が決まる――言葉にせずとも、その場にいる私たち全員がそれを理解していました。

だから食材を必死にかき集めていたのでしょう。

しかし成果はまるでなし。

これでは料理もままなりません。

「………」

悔しがっているラヴィリスタさんの目の前に腰を下ろしたのは、ナナマさん。

「なぜそこまで無理をする？　お前の相棒が脱落している時点で本来のポテンシャルが発揮できないことは明白だろう。棄権も視野に入れてはどうだ？」

諭すように語りかけるその言葉は、彼女の身を案じてのものでしょう。

無理もありません。厳しい戦いの世界の中、彼女一人でできることには限りがあるのです。助けがなければ成し遂げられない。

ならば潔《いさぎよ》く退《しりぞ》くこともまた戦略の一つ。

しかしこの場において、ラヴィリスタさん一人だけが、その事実を頑《かたく》なに認めませんでした。

「違うにゃ……」

「何がですか？」

ぽつりと彼女がこぼした言葉に私は反応していました。

そして顔を上げるラヴィリスタさん。

彼女の瞳はほんの少しの潤《うるお》いを帯びていました。

「ごしゅじんがいねぇと意味がないんじゃにゃあ。ごしゅじんがいない今だからこそ、私が頑張らなきゃなんねーにゃ」

固く結んだ唇《くちびる》はわずかに震え、顔色は少しだけ赤みを帯びています。

今にも泣き出しそうな彼女を前に、私たちは顔を見合わせました。

ここまで言っても退かないのは、よほど強情《ごうじょう》なのか、それとも事情を孕《はら》んでいるのか。

どちらでしょう。

「何かあったんですか？」

見定めるために私はその場でしゃがみ、彼女と視線を合わせます。

「…………」

どうやら後者だったようです。

短い沈黙を返したあとで、彼女は汚《よご》れた袖《そで》で顔を拭います。

「実は——」

彼女はそれから、自らとシドさんが抱えている問題を、私たちに語ってくれました。

○

街の外。

夜の荒野《こうや》に一人の商人がおりました。

名前はシド。

一日の仕事を終えたばかりの彼は売れ残りの食材を簡単にその場で切り、火にかけた鍋《なべ》の中に放り込みました。売れないものは自分で処理する。それが商人としての彼の流儀《りゅうぎ》の一つ。

ほどなくした頃にこれまた売れ残りの香辛料をぱぱっと放り込みます。

立ち上る香りは、焚《た》き火《び》から上がる煙と共に星空の中へと消えていきます。

「ん。完成だ」

やがて出来上がったのは名前もつけられないくらいの簡単なスープ。とりあえず腹の足しにでもなればいいと彼が考案したものです。

彼は商人であると同時に、国から国を渡る料理人でもありました。

売り物である食材と香辛料を街角で簡単に調理してみせ、商品の使い道を自ら実演してみせることで、そこそこの売上げを常に確保してきました。

彼にとって気合いを入れて料理を作るときとはすなわち人の前に立っているとき。

仕事を終えて疲れている今日、とてもとても雑な手料理が彼の目の前にはありました。

簡単すぎて、色彩《しきさい》も地味《じみ》で、ともかく何の特徴もないスープ。

――こんな料理を実演してみたら客足が途絶《とだ》えちまうだろうな。

などと自嘲《じちょう》しながら、彼はスープを器によそいます。

このスープを飲んでいる時、彼はいつでも一人。

だから焚き火の向こう、物陰の中からじっとこちらを見つめる視線に気づいた時、彼はとても驚いたのです。

「じー……」

そこにいたのはよだれをたらした小さな小さな女の子。格好はみすぼらしく、身体に纏うのはただの布切れ一枚だけ。灰色の髪には猫のような耳二つ――おそらく獣人でしょう。

布から覗く手足はとても細く、長い間ろくな食事を摂《と》っていないことが容易に窺えます。

奴隷《どれい》でしょうか。

よく見ると、足首には枷《かせ》がついていました。鎖《くさり》は途中で千切《ちぎ》れており、自由の身にしては中途半端な見た目といえました。

奴隷として運ばれている最中に逃げ出してきたのでしょうか。脱走して、国の外まで来たのでしょうか。

であるならばもしかしたら程なくして彼女を探す追手《おって》が来るかもしれません。ここで彼女に声をかければ面倒事になるかもしれない。

見つめ合うその一瞬で考えられることは多くありました。

「じー……」

このスープを飲んでいる時、彼はいつでも一人。

しかしどうやら、今日は違う。

「なんだお前、食いたいのか？」

気がついた時には、彼は器を彼女に向けて差し出していました。

「！　……！」

かすれた声で何かを言いながら彼女は何度も頷いて、物陰から飛び出してきました。

それから彼女は両手で大事そうに器を取り、スプーンを握り、火が通っただけの食材を、ただ香辛料を混ぜ入れただけの水っぽいスープごと口に放り込みました。

猫舌《ねこじた》なのでしょう。最初はスープの熱さに「あちっ」と呟《つぶや》きながらも飲みました。ふーっと息を吹きかけながらも飲みました。何度も何度もスプーンで掬《すく》い、それからやがてそのまま器ごと一気に飲みました。

よほどお腹が空いていたのでしょう。

「うまいか？」

慌てて飲み干した彼女に苦笑しつつ、シドさんは尋ねます。

女の子は満天の星空に向けて温かい息を吐いたのち。

ゆっくりと頷きました。

「せかいで、一番」

彼女の名前はラヴィリスタ。

それがシドさんと彼女の出会いでした。

その日の出会いを境《さかい》に、シドさんはラヴィリスタさんを連れて商《あきな》いをするようになりました。

「どうだラヴィリスタ。うまいか」

商人として食材や香辛料を実演して売るかたわら、実際に作ってみせた料理の試食役として小さな少女はまさに適任。

シドさんから手渡されたお料理をラヴィリスタさんは小さなお口で食べました。

直後。

「ううう……ううっ……おいしいですうううううううう……！」

泣きました。

「お、おい！　リアクションが大袈裟《おおげさ》すぎるぞ！」

よほどまともな料理に飢《う》えていたのでしょう。

出会ってから一週間くらいは毎日このような調子だったそうです。

シドさんが想像した通り、元々奴隷として売られていた彼女は、隙《すき》を見て自らにかけられた鎖を壊《こわ》し、奴隷商人の元から逃げ出した身でした。

だからそれまでまともな食事も摂ったことがなく。

冷たい床の上で横になって眠るのが、彼女にとっての常識。

「おいラヴィリスタ、そんなところで寝るな。風邪《かぜ》ひくぞ」

シドさんはそんな彼女の常識を少しずつ壊してくれました。

硬い床の代わりに与えられたのは温かい布団《ふとん》。

「その格好のままだと商人っぽくねえな……」

布切れの代わりに与えられたのは品質のいい服。ついていた足枷もシドさんが外してくれました。

「――どうだ？　うまいか？」

食事もこれまでとは大きく変わり、毎日彼が手料理を振る舞ってくれました。ある日は新作料理。ある日は余った食材で作った料理。しかしそれが何であれ口に入るすべてのものが心の底からおいしいと声が湧き出るほどの味でした。

温かい料理の数々は、当然のように彼女の心を解かしていきました。

「いつもありがとうございますにゃ、ごしゅじん、さま……」

二週間が経ち、柔《やわ》らかく笑うようになり。

「ご、ごしゅじん！　私に何かできることとか、ありますかにゃ？」

一ヶ月が経てば自ら仕事を手伝うようになり。

「へいごしゅじん！　新しい香辛料見つけたにゃー」

そして半年が経った頃には、彼女はシドさんの隣《となり》で相棒として活動するようになったといいます。

「ああ、ありがとう。ところで前から気になってたんだがその口調何なんだ？」

「ごしゅじんー？　乙女《おとめ》の所作《しょさ》にケチをつけるだなんて許されねぇ愚行《ぐこう》だにゃぁ」

「え？　あ、ごめん、そういうもんなの？」

「ちなみにこいつぁ生まれつきの癖《くせ》だにゃ」

「ただの癖かよ！」

変な癖……。

しかしともかくラヴィリスタさんとシドさんは、こうして商人として各地を回り続けました。

国を渡って食材調達。さらに国を渡り、シドさんが料理を実演。ラヴィリスタさんがその味見。

こうして商品を各地で売り歩きました。

二人の日々はこうして過ぎていきました。

こうして過ぎてゆく日々の中。

ある夜、二人で焚き火を囲んでいる時、シドさんはぽつりと独り言のように、言葉を漏らしました。

「俺には夢があるんだ。世界一の料理人になるって夢が」

その手にあるのは余り物で作ったスープ。

懐《なつ》かしい味に心温まりながら、ラヴィリスタさんはその言葉に何度も頷いていました。

「ごしゅじんならぜってぇなれるですにゃ！」

根拠はありません。けれどラヴィリスタさんの世界で、シドさんを超える料理人など存在しないのも事実でした。

「ありがとう」

曇《くも》りなきその目に見つめられながらも、シドさんは苦笑していました。

当時の時点で二人旅を始めてはや一年。

既にシドさんの年齢は三十代半《なか》ばに差し掛かったところ。

それはただ無我夢中《むがむちゅう》に走り続けるだけでは一生を過ごすことなどできないと気づき始めるお年頃。

一人身で自由を謳歌《おうか》している人間などごくわずか。

若い頃のシドさんはそんなふうにいい年してふらふらしている大人を嫌っていました。

その多くが夢を忘れたフリをしながら適当な仕事をこなして生きている人間や、現実を直視せずに幻想をいつまでも追いかけている情けない大人だったから。

中途半端な彼らに対し、若い頃のシドさんは「こんな人間になりたくない」と思っていました。

しかし若さという魔法が解けた今、シドさんは気づくのです。

彼らは皆、夢と現実の狭間《はざま》に立たされ苦しんでいたことを。

シドさんは、焦っていました。

「俺、もう少し頑張ってみたいんだ」

やがてある日、相棒であるラヴィリスタさんに、彼は相談していました。

商人の仲間からとある噂《うわさ》を聞いたそうです。砂漠の向こう、荒野の真ん中に、それはそれは大きな国が一つあるそうです。

そこはありとあらゆる国と国を結ぶ一つの中心地。

ゆえにありとあらゆる国の文化を継承《けいしょう》しており、店先に並ぶ食材も、調味料も、何もかもが多種多様。

ゆえにその国は小さな世界と呼ばれていました。

「――商人の仕事を辞《や》めて、料理人として働いてみたいんだ」

噂がありました。

その国で有名になれば、世界一の料理人として名を馳《は》せることができるようになる。

「いいとおもいますにゃ！　ごしゅじんならぜってぇ有名になれますにゃ！」

名は、『交易オルゴニア』。

それが、二人がほどなくして踏み入れた地獄《じごく》の名前でした。

噂の通り、国の中には多くの国から仕入れた輸入品がありました。

噂の通り、数多くの料理がそこにはありました。

「ごしゅじん、この国で第二の人生、頑張りますにゃー！」

「ああ、そうだな……！」

入国したその日を境にシドさんは商人から転身して料理人となりました。

ラヴィリスタさんも彼から包丁を与えられ、調理の助手として加わりました。

二人はまずは他の料理人がそうしているように、屋台でお店を出してみました。これまで商人として世界を渡ってきた中で得られた知識と技術を用いて作った料理は彼にとっての集大成《しゅうたいせい》。お店を出すのは人生初。

上手くいくかどうかは不安も大きかったそうですが、結論から先に申し上げるとそこそこの成功を収めることができたようです。

二人が作る料理は国の中では一風変わったお手軽料理。

商人として多くの国や人を見て研究を重ねた成果でしょうか——彼らが出したお店は瞬《また》く間に有名になりました。

「やっぱりすげぇにゃー！　さすがはごしゅじん！」

「ははは……。お前のおかげだよ、ラヴィリスタ」

成功した。やった！　二人はとても喜びました。このまま順調にいけば、国の中で盤石《ばんじゃく》な地位を築けるかも――。

そう思うほどでした。

しかし三ヶ月後。

「あ、あれぇ……？」

ラヴィリスタさんはこてん、と首をかしげます。

少し前は斬新《ざんしん》な料理でした。二人のお店は繁盛《はんじょう》しました。

にもかかわらず、少し経った頃には顧客はほとんど来なくなっていたのです。国に住む人は誰も見向きさせず、どころか「ああ、あんな食べ物もあったね」くらいの認識で視界の端に留める程度。立ち止まるのはたまたまこの国を訪れたばかりの観光客くらい。

「もう飽《あ》きられたってのか……？」

理想と現実の違いにシドさんは戸惑《とまど》いました。しかしその流行《はや》り廃《すた》りの速さこそが『交易オルゴニア』における料理文化の特徴の一つだったのです。

この国は多くの輸入品があるおかげで数多くの食文化がある。たくさんの料理が食べられるとてもいい国――しかしそれはあくまで客から見た場合の話。

いかに手を尽くした料理であっても、所詮《しょせん》、消化されるだけ。

料理人にとって『交易オルゴニア』は、息が詰まるほどに苦しい戦いの世界だったのです。

「ご、ごしゅじん……大丈夫かにゃ……？」

料理が売れなくなって落ち込んでしまったのではないか。心配したラヴィリスタさんは彼の顔を窺います。

「……そう簡単に世界一にはなれないってことか」

そこにいたのは、まだ諦《あきら》めていない彼の姿。

むしろ火がついたと言いたげな様子で彼はラヴィリスタさんを見下ろします。

「俺は大丈夫だ。明日からまた新作料理の研究をするぞ、ラヴィリスタ！」

この国は新しく斬新なものを常に求めている――だから戦い続けなければならない。

シドさんは決意新たに語っておりました。

「はいですにゃー！」

前向きな彼に、ラヴィリスタさんはほっとしました。

ほどなくして新作の料理を作り、再びシドさんとラヴィリスタさんの二人は屋台に立ちました。

作り出した新作料理はシドさんが昔から温めていた斬新なメニュー。試食したラヴィリスタさんも「絶対売れるにゃ」と舌鼓《したつづみ》をうったものでした。

「あ、あれぇ……？」

が、誰も買いませんでした。

「……ダメだったか」

肩を落とすシドさん。長年温め過ぎて流行から置いていかれてしまったのでしょうか。

自信はじゅうぶんにあったのに。

それからほどなくしてまた別のメニューを考案しました。それはシドさんの実家でよくお母さんが作ってくれたものをアレンジした懐かしメニュー。故郷《こきょう》の味がする――とラヴィリスタさんも喜んで試食した料理でした。

――しかしこれもまた、誰にも買われませんでした。

「ご、ごしゅじん……」

顔色を窺うラヴィリスタさん。

「今回もダメだったか……もっと斬新な料理を作らないと……」

その頃から、シドさんの様子は徐々におかしくなっていきました。

自身の料理はなぜ売れないのか？　客が求めているものを探求することができていないのではないか。

彼は問題点を洗い出すようになりました。

「前回、前々回の料理のダメなところは売れ線をまったく重要視していなかったことだ。俺は目の前の客が求めているものを無視して料理を作っていたんだ」

だから誰も買わなかった。彼は自身の失敗をそのように結論づけました。

彼の屋台が並べる料理の数々は、それから徐々に変わっていきました。

「西の通りで今、こういう菓子が売れてるらしい。うちでも同じものをやろう」

彼は別の店で買ってきたお菓子を試食して、味や食感を真似るようになりました。

顧客が求めているものは売れているもの。売れているものを売ればうちも儲《もう》かる。彼はそうしてコピー料理を売るようになりました。

当然ながら、彼が出した商品はそこそこ売れました。

「なかなかいい結果が出たな」

しかしこれも数ヶ月でダメになりました。

では売れなくなったらどうすればいいか？

「東の通りで売れている屋台を見つけた。今度はここの料理を真似しよう」

また別の売れているものを、彼は自分で探して真似しました。そしてまた三ヶ月くらい経って売れなくなれば、新しい商品を探して売りました。

探して、真似して売る。

彼の屋台はそればかり。

「ご、ごしゅじん……私はこれ、あんまり――」

ある日、新作料理――という名のコピー料理の試食をさせられたラヴィリスタさんは、正直に自身の感想を告げました。

おいしくなかったのです。

しかし彼はどうでもよさそうに肩をすくめるだけでした。

「何言ってるんだラヴィリスタ。お前や俺がうまいと思うかどうかは重要じゃない。これが今の売れ線なんだよ」

売れ線を追いかければ売れる。

単純明快《たんじゅんめいかい》なその仕組みに、彼は溺《おぼ》れていきました。そのうち真似するだけでは利益が出づらいことに気づいた彼は、付加価値をつけるようになりました。

例えば盛り付けを綺麗にしてみたり。

ちょっとしたおまけをつけてみたり。

不思議なことにそうしてあらゆる努力を重ねることで、時折、真似をしたお店よりも儲けることができるようにもなりました。

「次はこれが売れるな」

元々商人として目が肥えていた彼は、そのうち売れるようになるであろう料理にまで目をつけるようになりました。

その日、彼が手に取ったのは栄養剤。

棒状でシンプルな味付け。たいしておいしくはないものの、一日分の栄養を一食で摂ることができる優れ物。

「ごしゅじん……これおいしくにゃあ……」

試食を頼まれた直後にぺっ、とまずそうに吐き出すラヴィリスタさん。

おいしくないものは当然売れません。栄養剤を売っていたお店も客足のあまりのなさにほどなくして店を畳み、『交易オルゴニア』から撤退《てったい》してしまいました。

しかし。

「俺が売れれば、これはきっと大ヒットになる……」

彼には確信がありました。

そして彼は売り方を工夫《くふう》しました。

ほどなくして彼は栄養剤を自らの商品として売りました。

結果は見事に大ヒット。連日大盛況《だいせいきょう》となり、彼らのお店の栄養剤を求めて多くの客が押しかけました。

「あるだけくれ！」ある客は大金持って買い占めようとし。

「あんたのところの商品のおかげでうちの店がよく回るようになったよ」ある客は彼に深く感謝し。

「なあ……ここだけの話、うちと契約して定期的に店に運んでもらうことってできないか？」ある客は商売を持ちかけました。

彼のお店に訪れる客は、いずれもこの国で料理店を営むオーナーたちでした。

『料理人専用の栄養剤』

元々はただの栄養剤として売られていたものをアレンジし、名前を変えたのです。

この国に訪れる客は栄養剤など求めてはいません——しかし料理人たちはどうでしょう？

めまぐるしく毎日を働く彼らにこそ、栄養剤は与えられるべきであり、きっと彼らも求めている。

彼は目に見えていなかった需要を掘り起こしてみせたのです。

国に訪れる客の流行は数ヶ月に一度変わりますが、流行をつくり出す側の料理人たちは変わりません。料理人を支えることで、永続的に売れるものを作り上げてみせたのです。

彼が作った栄養剤は瞬く間に国中で売れました。そのうち彼は荷台を引いて料理店を回るようになりました。

「シドさん！　お願い！　私の店にも栄養剤を届けてくれない？」

多くの人が彼のお店を求めるようになりました。

「シドさんのおかげで今日も仕事がうまくいきそうだよ」

多くの人々からシドさんは称賛《しょうさん》されました。

「ありがとうシドさん！」

それはずっと渇望《かつぼう》していた成果。

「あんたみたいな商人がいてくれるおかげで、俺たちは頑張れる」

彼は国で有名人になりました。

しかし彼を知る者たちの中に、シドさんが料理人であることを知っている人が、果たしてどれほどいることでしょう。

少なくとも彼の顧客である料理人たちは誰も、シドさんが世界一を目指す料理人などとは思ってもいなかったのです。

「…………」

我に返った時、そこにいたのは夢を諦めて適当な仕事をこなして生きている情けない大人。

若い頃に心の底から嫌悪していた存在でした。

「俺は……俺は一体、何がしたかったんだ……？」

身の周りにあるあまりにも多い料理の情報の数々が彼にとっては毒だったのでしょうか。激しすぎる競争の日々の中で、彼は当初の目的とは別の目的地へと辿り着いてしまっていたのです。

こんなはずではなかったのに――。

後悔をした頃には、既に後戻りができないくらいに大量の栄養剤とお金、そして商人としての実績《じっせき》が、彼の両手の中にありました。

「ごしゅじん……」

そして俯き、苦しむ彼を、ただラヴィリスタさんは見ていることしかできなかったといいます。

目的を見失って迷走《めいそう》した自分自身に気づいたシドさんは、それっきり新しいことを何もしなくなってしまったといいます。

料理人相手に商売をすれば安泰《あんたい》。努力せずとも儲けることができる。

輝かしい成果でありながらも変化のない毎日の中で、彼はすっかり心を閉ざしてしまったそうです。

「今はもうごしゅじんは栄養剤を作って売ることしかしてにゃあ」

退屈そうな毎日。

家でも料理をすることはなくなり、外食をしていてもつまらなそうにしているばかり。

目的を見失ったシドさんは、そんな灰色の毎日を過ごしているのだといいます。

「こんな国で料理人として活動しているのならば精神すり減らすのも当然の話だろう」

お話を一通り聞いた後でナナマさんはため息混じりに語っていました。

同じ料理人である彼女にとっても思う部分はあったのかもしれません。

――私のような人間にとっては大通りの光景は見ているだけでも辛くてな、だから食べる気にもならなかったんだ。

この国で食事を摂らなかった理由を、彼女はそのように述べていました。

今はアレですけど曲がりなりにも彼女は故郷で有名シェフとして名を馳せた人物。ナナマさんにとってもこの国で働く人々の苦悩は自身と重なる部分があったのかもしれません。

「私は、ごしゅじんに昔のような情熱を取り戻してほしいにゃ……」

だからラヴィリスタさんは無気力な彼に料理を始めた頃のことを思い出してもらうために――料理人としてトップに立ってもらうために、無理やりこの祭典に参加させたのだそうです。

しかし結果は途中敗退。

「まさか空から降ってきた肉のせいでごしゅじんがやられるだなんて思わなかったにゃ……」

くっ……！　と悔しそうに床を叩くラヴィリスタさん。

…………。

とりあえずナナマさんを肘で突いておきました。

「……で、シドが敗退した今、お前は何がしたいのだ？」

窓の外を見つめるナナマさん。

審査員席。そして敗退した者たちが収められている小部屋がそこにはありました。

シドさんがもう美食の祭典から抜けた今、ラヴィリスタさんが一人で頑張ったところで結局は無意味なのではないか。

そう言いたいのでしょう。

「……私にはまだやることがあるにゃ」

ゆっくりと首を振り、ナナマさんを睨むラヴィリスタさん。「ごしゅじんは敗退しても、ごしゅじんが生み出したレシピの数々はまだここに残っとるにゃ」

小さなその手は彼女自身の胸に当てられます。

彼女は助手。

シドさんがこれまで作ってきた料理の数々を最も近くで見て、手伝っていた彼女は、彼が作れる料理のレシピの多くを覚えていました。

彼女は包丁を握りしめながら、言います。

「今のごしゅじんは、ただ自信を失ってるだけにゃ。だから私が証明するにゃ。ごしゅじんの料理は世界一だって。ごしゅじんは一番なんだって、教えるにゃ……！」

それが彼女なりの恩返《おんがえ》しなのでしょう。

揺らぐことなき決意に燃える彼女は、シドさんが作ってきた料理を審査員に提出することで美食の祭典を生き延びてきたのです。

そして今、優勝はあと一歩というところまで来ています。

「私は、私は絶対に諦めねぇにゃ！」

諦めないとは。

「どうするつもりですか？」

尋ねる私。彼女はふん、と鼻息荒《あら》くしながら、「まだ時間はあるにゃ！　食材をできるだけ探して、集めて、最高の料理を作るにゃ！」と語ります。

「たしかに今のままではお料理はとてもできそうにないですしね」

「うっさいにゃ！」

むむ、と頬を膨らませるラヴィリスタさん。彼女の手元にあるのは芋と多少の香辛料。これではスープひとつがせいぜいといったところでしょう。

「今に見てろにゃ！　ごしゅじんの料理が一番だって、審査員に認めさせてやるにゃ……！　見てろにゃー！」と叫びつつ。

彼女は再び民家の中から駆け出します。

できる限りの材料を集め、これまでで一番の料理を作り出すために。

「…………」

その場に取り残された私はナナマさんと顔を見合わせておりました。

思い返してみれば、ラヴィリスタさんを見送るのはこれで二度目ですね。最初にここで出会った時から、彼女の考えは何一つとして揺らいでいないようです。

「まったく強情ですね」

肩をすくめる私。

ナナマさんもまた、苦笑します。

「それが料理に人生をかける者の価値観なのさ」

去り行く小さな背中を私たちはただ見つめていました。


やがて最後の審査の時がやってきました。

最初は多くいた料理人たちも数を減らし、今や二人だけ。

「これが最後の審査だ――どんな料理を見せてくれるのかな」

審査員は、訪れた二人をそれぞれ見つめます。

「よろしくですにゃ」

一人は見るからにぼろぼろの少女。

「ふっ……」

そしてもう一人は魔物の料理人。

最後の戦いが、こうして静かに幕を開けました。

〇

と、その前に。

審査が始まるその前に。

実際、ラヴィリスタさんが用意したお料理がどんなものだったのか、気になりませんか？

野暮《やぼ》なこととは知りつつも、やっぱり気になるものですよね？

というわけで。

「様子を見に来たんですけど、いかがですかー？」

最終審査の直前。

私とナナマさんは走り去っていったラヴィリスタさんの後を追ってみました。彼女一人でどんな料理を作ることができたのか、シンプルに気になったのです。

「………………」

ですから畑の真ん中――彼女の姿を見かけた時、私たちは微妙な表情で顔を見合わせたものです。

彼女の傍らでぱちぱちと火を揺らしている焚き火の上。

そこで出来上がっていたのはただのスープ一つだけだったのですから。

「それがあなたの最高の料理ですか？」

首をかしげながらその場にしゃがむ私。揺れる火が暖かい熱を伝えてくれました。顔に熱が集まり、ほんのりと赤みを帯びます。私も彼女も同様に。だからきっと今の今まで泣いていたというわけではないのでしょう。

「……うるせぇにゃあ」

少なくともラヴィリスタさんには釈明《しゃくめい》する気はないようでした。

やっぱり強情。

私から視線を逸らしてよそを向き、彼女は口を尖らせます。

民家から飛び出したあとでどんなことが起きたのかは想像に難くありませんでした。きっと先ほど同じようなことが起こったのでしょう。

無理をして、食材集めて、けれど何も得ることできず。

結局出来上がったのは先ほど持ってた芋を使ったスープだけ。

現時点において私たちとラヴィリスタさん、どちらが優勝に近いのかは想像するまでもありません。

いやはや困りました。これでは勝負になりません。

肩をすくめて私は立ち上がり、ナナマさんと再び顔を見合わせました。

おそらく彼女も私と同じことを考えていることでしょう。困った様子でナナマさんは言いました。

「大変だイレイナ。このままでは私たちは負けてしまう」

「そうですねえ」

負けちゃいますねえ。

きっと私とナナマさんがどんな料理を作ったとしても太刀打《たちう》ちなどとてもできないことでしょう
——などと正直な胸の内を語る私たち。

「は？」

一方で優勝に最も近いはずのラヴィリスタさんはきょとんとするばかり。「おみゃーたちは何を言ってるにゃ……？」

何を言っていると言われましても。

端的に説明して差し上げました。

「それは世界一のスープでしょう?」

あなた自身が言っていたではないですか。

シドさんと出会った時。

彼が作ってくれたスープは世界で一番おいしかったと。

「そんなものを審査員に出されたら私たちの負けが確定してしまうではないですか」困っちゃいますよねぇ。私たちも頑張っているのに。

ねえナナマさん?

「まったくもって計算高いやつだ。最後の最後でとんでもない隠し球を持っていたとはな」

「い、いや隠し球っつーか、これしか作れんかっただけなんだけど……?」

こんなスープ一つだけで優勝なんてできないにゃぁ、と言いたげなラヴィリスタさん。随分と謙虚《けんきょ》ですね。

「ともかく!」

このままスープを審査員に提出されてしまうと私たちが困ってしまうのです。

ということで。

「このスープは私が没収します」

私は杖を持ち出し、「えいっ」と鍋をそのまま魔法でひょいと浮かべました。ふわふわ宙に漂う芳《かぐわ》しい香り。

「ちょっ……！　おみゃー！　何するにゃ！」

かえせー！　と立ち上がるラヴィリスタさん。

おほほほほ。もう私もらっちゃいましたから。返してなんてあげません。

私の隣でナナマさんもまた悪役のように「ふははは！」と笑っておりました。

「隙を見せたお前が悪いのだぞ？　ラヴィリスタ！　美食の祭典に敵を妨害してはいけないというルールはない！」

もしもそのようなルールがあるのならば高級霜降り肉を放り投げた時点で少なくともナナマさんは失格となっていることでしょう。

つまりこの美食の祭典は幾《いく》らでも敵を邪魔《じゃま》していいということです。

「お前のような小娘にはこの食材がお似合いだ！」

私が没収したスープの代わりにナナマさんがラヴィリスタさんへと放り投げたのは、その辺に幾らでも転がっている食材の数々。

池や民家、それから原っぱ。

ラヴィリスタさんと遭遇した場所にあったものたちでした。

「私にとっては何の価値もない食材だ。お前にはこいつらがお似合いだよ」

これで好きに料理でも作るがいい！

勝ち誇った様子で彼女は語ります。

その言葉が意味するところを、ラヴィリスタさんが気づかないはずもありません。

「い、いいのかにゃ……？」

戸惑いに満ちていた表情が途端に明るさを取り戻していきます。

そんなラヴィリスタさんに、彼女はただ笑いかけるのです。

「いい？　はて、何のことだ？　私はお前の作業を妨害しに来ただけだ」

そんな言葉でとぼけながら。

彼女はそして語ります。

「それに、たとえお前が今からどんな料理を作ろうとも私に敵《かな》うはずもない」

それは料理人として絶対的な自信に満ちた表情でした。

独善的《どくぜんてき》で、とにもかくにも強情で、助け舟を渡すだけでも一苦労《ひとくろう》。

まったく、料理に人生をかける者の価値観とは厄介なものですね。

「おみゃーたち……」

志《こころざし》半《なか》ばで折れていた少女は、ここでようやく立ち直りました。目の前に置かれた食材の一つひとつを手で拾い、大事そうに抱えていきます。

彼女は一体どんな料理を作るのでしょう？

世界一のスープを奪われたうえで作るお料理。ぜひとも間近で観戦したかったものなのですけれども。

「――失格です」

残念ながら私はここまでのようです。

気がつけば空の上を漂っていた魔法使いさんが私の肩を叩き、美食の祭典の会場から脱落者たちが集まる小部屋まで連行する旨《むね》を淡々《たんたん》と告げていました。

おやまあ。

「魔法を使ったら失格になるんでしたっけ？」

忘れてました。

うっかりですね。ラヴィリスタさんの妨害をしようとしたら思わぬ不幸に見舞われてしまったようです。

魔法を使ったらダメだなんてルール、説明してましたか？　え？　してた？

じゃあ仕方ないですね。

「でも、このスープは返しませんからね」

しかしただで連行されるというのも癪《しゃく》ですね。

捨《す》て台詞《ぜりふ》の一つでも吐いたほうが悪役らしくて映《は》えるかもしれません。

「このスープは小部屋に連行されている他の参加者さんたちと一緒に堪能《たんのう》させてもらいますから」

失格した方々と世界一のスープを勝手に堪能させてもらいますよ。

おほほほほ。

などと私は高らかに笑ってみせました。

残念でしたね！

「…………」

去り際に放った私の嫌味に対してとてもとても不可解なことに、ラヴィリスタさんは柔らかく笑っていました。

そして私の背中にかけられる言葉はただ一つ。

「おみゃー、意外と優しいんだな」

まあ。今の私のどこに優しい要素があったことでしょう？

しかし不思議と悪い気はしないもので、彼女の方を振り返る私もまた、柔らかく笑っておりました。そして彼女に一言答えます。

ぜひとも覚えておいてください。

「これが旅に生きる者の価値観なんですよ」

会場にはたった二人だけが残されました。

一人は魔物の料理人。

そしてもう一人は幼い少女の料理人。

審査までに残された時間はあとわずか。

魔物の料理人は既に調理を終えて欠伸《あくび》をしながら時が経つのを待ちました。

「にゃあああああああっ！」

一方で幼い少女の料理人は時間が許す限り、包丁をふるい続けました。

会場にいるすべての人々が見守る中、誰の力も借りず、ただ一人、ただ必死に料理にだけ向き合っていました。

誰もが少女の料理の完成を待ちわびていました。そこが美食の祭典の会場であることを忘れるほどに。

まだ魔物がうろついていることを忘れるほどに。

『グルルル……』

少女が鍋を振るうたびに、いい香りがあたり一面に漂います。広がる香りはやがて嗅覚優れる狼っぽい魔物を呼び寄せます。

魔物は肉をよこせと語るように少女の後ろで口を大きく開けました。

会場で見守っていた誰もが悲鳴を上げました。もうダメだと思いました。誰もが死んでしまうと思いました。魔物の方が。

「おいおい。困るな。もう審査用の料理は完成しているんだが」

拳が狼っぽい魔物の肩あたりにめり込んでいました。横から殴っていたのです。ナナマさんが。

『……！』

軽く吹っ飛ぶ狼っぽい魔物。

匂いに引き寄せられたのは一頭だけではありません。

再び狼っぽい魔物が迫るなか、池から、空から、そして土の中からありとあらゆる魔物が次から次へと湧きあがりました。

会場で唯一匂いを放っているラヴィリスタさんの調理場へと吸い寄せられるかのように。

「ふはははは！　かかって来ぉい！」

それらを一人で相手取るのがナナマさん。

次から次へと殴打《おうだ》しては放り投げ、容赦《ようしゃ》なく魔物を徹底的に叩きのめしていきました。会場に集まった人々が注目するのは彼女の勇姿。

「がんばるにゃ、がんばるにゃ……！」

そしてナナマさんが守る中で、ひたすら料理と向き合い続ける少女の姿。

がんばれ、がんばれ――。

誰かが漏らした声に、別の誰かが声を重ねます。がんばれ、がんばれ――祈るように漏れる言葉は人から人へとつながっていきます。

がんばれ、がんばれ。

誰かの小さな声援は、やがて会場を包む大きな歓声へと姿を変えていきました。

そしてラヴィリスタさんの調理が終わったあと。

「これが最後の審査だ――どんな料理を見せてくれるのかな」

審査員は、訪れた二人をそれぞれ見つめます。

「よろしくですにゃ」

一人は見るからにぼろぼろの少女。

「ふっ……」

そしてもう一人は魔物の料理人。

最後の戦いが、こうして静かに幕を開けました。


審査員がまず最初に手に取ったのはナナマさんのお料理でした。

得体の知れない魔物料理。どこからどう見てもまともに見えない一皿にフォークを添えます。ほろりとほぐれる何かの肉。ふわり舞い上がるのはおいしそうな香り。しかし見た目は直視できないほど汚れきっていました。

口に運ぶのはやはり躊躇《ためら》われるようです。

「相変わらず何でこんなに気持ち悪い見た目して――」

「おらぁ！」

ぐしゃあああああっ！

ごちゃごちゃうるさい口に魔物料理は放り込まれてしまいました。

ごくりと呑み込む審査員。

「うっま……」

お前毎回一緒のリアクションじゃねぇかとナナマさんが頭を叩くと「やめろ！　減点するぞ！」と審査員は普通にキレました。

一つ目の料理が終わり、次はラヴィリスタさんのお料理。

会場の気持ちを一つにした少女の一皿です。

「次は君だ」

審査員もまた、彼女にある程度は肩入れしていることでしょう。ナナマさんの料理よりも大事そうに皿を手元に寄せてから、審査員はフォークをとります。

そして一口。

食べた直後に、審査員の手が震えました。

「……懐かしい味がする」

決して手が込んでいるというわけでもなく、食材をこだわり抜いているわけでもなく、口に広がる味はとてもシンプル。

幼い頃、忙しい時間を縫って親が作ってくれた簡単な手料理のように、無駄な飾りも味付けもなく、言ってしまえばどこにでもあるような素朴《そぼく》な味わい。

それなのに。

「どうして俺は泣いているんだ……？」

審査員の頬には一筋《ひとすじ》の涙がこぼれていました。

ラヴィリスタさんが作った料理には、大きな大きな隠し味がひとつ込められていたのです。

美食の祭典は、参加者たちの会話が大体筒抜け。

審査員である彼も、おそらくラヴィリスタさんとシドさんの物語を聞いていたのでしょう。

たった一人、取り残されながらもひたすら料理に向き合う少女の姿にたいそう胸を打たれたこと

でしょう。

相手を思うまごころ。

それこそが、調味料では加えることのできない隠し味。

本日ラヴィリスタさんが作った料理の数々に共通する特徴でした。

「…………」

彼女が作った料理を口にしているのは審査員だけではありません。

審査員席のすぐ近く。

脱落した者たちが寄せ集められた小部屋の中にも、遠き故郷の味を思わせる香りが立ち込めておりました。

私が没収したスープです。

興味本位に欲しがる参加者たちに配って差し上げました。

お酒好きの料理人。ハードボイルドな人。お嬢様――多くの参加者たちが、ただのスープを飲みながら、たった一言、

「おいしい」

と言葉をこぼしました。

それは味がいいからではありません。素材がいいからでもありません。

ラヴィリスタさんが初めてシドさんの料理を口にした時に涙がこぼれたのは、単に味のよさに感動したからではありません。

彼女がその料理によって救われたからです。

飲むに至るまでの物語があったからです。

「いかがですか？」

私は隣で座る男性の手元を見つめながら尋ねます。

手の中にあるのは小さな器。私が分け与えたスープはほとんど飲み干されており、スプーンが物足りなさそうに斜《なな》めにかけられていました。

おかわりはいかがでしょう？　尋ねるよりも先に器の中にひたりひたりとこぼれ落ちるのは温かい雫《しずく》。

隣の男性——シドさんは、壇上に立つ少女を見つめながら、ただ静かに涙をこぼしていました。

口にしたスープの味がどうだったのかなど、聞くまでもないことですね。

シドさんはただ一言。

温まった胸の内を漏らすようにこぼすのです。

「世界一だ」

○

見た目が悪いけれどシンプルに絶対的な味のナナマさん。

幼いながらもたった一人、最後まで戦い抜いたうえで会場を涙で包む料理を作り上げたラヴィリスタさん――料理の味だけでなく、そこに至るまでの物語で共感を呼んだラヴィリスタさん。

どちらが優勝者に相応しいのかは明らかでした。

恐らくは二人を除き誰もが優勝者はラヴィリスタさんが相応しいと思っていたことでしょう。

「優勝者は――」

だからこそ後ほど、司会者に呼ばれて壇上に立った人物を見て会場は大きくどよめきました。

そこにいたのはナナマさん。

それから、ラヴィリスタさんの二名だったのですから。

優勝者が一人ではなく二人。異例の決定を審査員は以下のように説明しました。

「ラヴィリスタ氏の料理が完成したのはナナマ氏による貢献《こうけん》が大きい。よって審査員は彼女たちを一つのチームとして捉えることとしました」

恐らくはラヴィリスタさんとナナマさんの二人のどちらか一方に決め切ることができなかったのでしょう。

その決定に不満を抱いた者はいませんでした。

自らの主人を再び立ち上がらせるために戦い続けた少女に浴びせられた惜《お》しみない拍手《はくしゅ》が、揺るぎないその事実を表していました。

最後の最後まで生き残った二人による戦いはこうして幕を下ろしたのでした。

「いやぁ優勝しちゃいましたねぇ、ナナマさん」

というわけで後日《ごじつ》。

私とナナマさんは『交易オルゴニア』のレストランにて並んでおりました。

「同率一位という形になったがな」

肩をすくめるナナマさん。テーブルの向こう、彼女が見据える視線の先には、男性と小さな娘がひと組。

「おみゃーたちのおかげにゃ」

笑顔を咲《さ》かせるラヴィリスタさん。

「ああ……。本当にありがとう」

その隣で穏やかに笑ってみせるシドさんの姿がそこにはありました。

ナナマさんが優勝したということはそのチームの一員である私もまた優勝したということ。ラヴィリスタさんが優勝したということはそのご主人ことシドさんも優勝したということ。

優勝による賞金はナナマさんとラヴィリスタさんのお二人で仲良く半分こ。私はナナマさんの取り分を半分ほどいただくという約束になっております。

まあ要するに賞金全額のうち四分の一ということなのですけれども――それでもとてつもない額のお金が私の懐に入ってくることは間違いありません。

「何食べましょうかね……」

えへへへへ、とだらしなく表情を緩ませる魔女がそこにはおりました。

ちなみに本日の食事代はラヴィリスタさんの奢《おご》りとのことでした。「おみゃーたちには世話になったからにゃー。私が持つにゃー」とのことでした。

余談ですけど人のお金で食べるご飯が世界で一番おいしいですよね。

「えへへへへ……」

「めちゃくちゃだらしない顔してるにゃー……」

メニュー越しに白《しら》けた表情のラヴィリスタさんが見えたような気がしましたが無視しときました。

「それで、お前たちはこれからどうするつもりなのだ？」

ナナマさんからかけられる声。

ラヴィリスタさんとシドさんはそれぞれ視線を合わせてから答えます。

恐らく既に決めていたのでしょう――二人の意見を代表するように、シドさんはややすっきりとした表情で語ります。

「一度この国を離れるつもりだ」

ラヴィリスタさんが作った料理を食べて初心《しょしん》に戻った彼は、二人でじっくり話し合い、出会った頃の生活に再び戻るのだといいます。

つまりは商人をやりながら料理をする日々。

「ラヴィリスタの料理に教えてもらったんだ。大切なのは味の良しあしだけじゃない。一つの料理の先にある相手の思いに寄り添うことだってな」

世界一の料理人を目指すうちに、自身の目的を見失っていたことに気付かされたと彼は猛省《もうせい》しておりました。「だから時間をかけて、再び料理と向き合うことにするよ」

道を間違えたから戻って再びやり直す。

限りある人生の中でその選択をすることはとても難しいものです。

誰だって自身が進んできた道のりが間違いだったと認めるのは怖いですから。

「――一つの道を極めるということは地獄に足を踏み入れるということだ」

二人に対して、いつになく真面目《まじめ》な表情でナナマさんは語っていました。「唯一無二になるのは容易なことではない。たった一つの栄光とは血反吐《ちへど》を吐いた先にしか存在しない。今後は道を間違えたと腐《くさ》る暇があるなら新しいレシピの一つでも考えることだな」

一つの国で有名シェフとなり、旅する料理人となったナナマさん。

彼女にも同じような苦労を味わう日々があったのでしょうか。

「忘れるな。我々が歩み出した道に終わりなどない」

冷静に語るその言葉は彼女なりの激励《げきれい》のつもりでしょうか。

存外《ぞんがい》不器用《ぶきよう》なところもあるようです。

「格好いいことを言いますね」

苦笑する私。

彼女は「ふん」と鼻を鳴らしました。

「何を言う。私はいつでも格好いい」

彼女は堂々《どうどう》としながらも腕を組み、それから不敵《ふてき》に笑ってみせました。

そんなナナマさんにつられるように私も笑みを浮かべ、読んでいたメニューをパタンと閉じました。ご注文が決まったのです。

せっかくの優勝祝いですから今日は高いものを大量に食べることとしましょう。

だから私は店員さんを呼ぶため手を上げ――。

直後に首をかしげました。

せっかく声をかけようとしたのに店員さんは窓の外を見ては「あわわ……」と慌てるばかり。窓際の席に座っている客の中には悲鳴をあげてお店から逃げ出す者までおりました。

おやおや？

「なんかお店の外が騒《さわ》がしいみたいですね？」

何かあったんですかね？

疑問を投げかける私。

「ああ。多分私のせいだ」ナナマさんはこれまたあっさりと答えていました。

「何したんですか？」

「格好いい私に相応しい買い物をひとつ、な……」

無駄に格好つけるナナマさん。

何やら嫌な予感がしました。人がざわつく中、窓の外に何やら大きな毛むくじゃらの影が見えるのです。

目を凝《こ》らしてよく見ればそれはどことなく大きな狼っぽい外見をしており、誠に残念ながらつい最近見た魔物とまったく同じ姿であり、そして不思議なことになぜか首輪で柱につながれていたのです。

はい？

「何ですかあれ」

説明を求めます。

いいだろう、とナナマさんは不敵に笑いました。何笑ってんですかこの人。

「実は美食の祭典の最中にやつとは友情が芽生《めば》えてな……、気がついたら大会運営側にやつを買い取ることができないか打診《だしん》していたのだ」

ふむふむ。

……なるほど？

「ということはつまり……買ったということですか？」

「いい買い物だったぞ」

「私の取り分はどうしたんですか？」

「アレになった」

「何すかアレって」

尋ねる私。

すると彼女は無駄に得意げな顔で私の肩を叩きながら、言いました。

「コタローだ」

「いや名前聞いてんじゃないんですよバカなんですか？」

「ちなみに買い取る際に『普通の犬と同じように扱《あつか》うと騒ぎになるからくれぐれも街で離さないように』と念を押されたぞ」

「さっそく普通の犬扱いしてるじゃないですか」

「だがコタローは普通の犬のようにいい子だ」

断言するナナマさん。

直後にコタローが壁をぶち破って普通にナナマさんの隣まで突進してきました。

「全然普通の犬じゃないじゃないですか」

「おーよしよし。いい子だコタロー」

既に手なづけているようです。コタローはナナマさんに撫でられた途端に尻尾《しっぽ》を全力で振りました。左右に振れる大きな尻尾。可愛らしい動作に合わせて店の中がめちゃくちゃになりました。

当然ながらそこまでの騒ぎを起こせば兵士が来ることは当然のこと。

壊れた壁の向こうから武装した兵士たちが大挙《たいきょ》して押し寄せてくる様子をナナマさんは一瞥すると、

「では私はそろそろ旅に戻る。レストランでの食事はお前ら三人で楽しむといい」と言いながらコタローにまたがってしまいました。

いやいや。

「旅に戻るっていうか逃げるだけでは」

「それではさらばだ！」

ふはははははは！

話を一切聞かないナナマさんはそれから兵士たちから逃げるようにコタローを操り、全力で駆けていってしまいました。

その場に残された私たちはただただ苦笑するばかり。

「言いたい放題言ってから去ってってしまいましたね……」

そういえばああいう人でした。会うのは二度目でしたがそもそも彼女に常識を求めるほうが間違っているということを私は強く再認識しました。

「すげえ人だったにゃー」

ナナマさんが去っていった方向をラヴィリスタさんはぼんやりと見つめていました。

「……そうだな」

隣で頷くのはシドさん。

常識はなく、自由奔放《じゆうほんぽう》。それでも二人にとってナナマさんは、遥《はる》か先を突き進む料理人。彼女が去った路上を、二人はいつまでも見つめていました。

ナナマさんがこの場に残していったのは、幼い料理人と、その主人の背中を押す熱い言葉——。

「あのう、先ほどの方のお連れ様ですか……？」

…………。

それとそこそこの金額の修繕費《しゅうぜんひ》でした。

○

レストランの店主より請求された修繕費はラヴィリスタさんたちが立て替えてくれることとなりました。

「君にも迷惑《めいわく》をかけたな」

美食の祭典で私がわざと失格となった時に支払った罰金も、彼らは補塡《ほてん》してくれました。

手にしたはずのお金の大半はこの一連の支払いで飛んでいってしまったと見ていいでしょう。

「いいんですか？」

お金をいただけて私は万々歳《ばんばんざい》ですけど、これから商人としての生活に戻るならば資金はあったほうがいいのでは？

無理しなくてもいいんですよ、という意味合いも込めて私は尋ねておりました。

けれどシドさんは首を振ります。

「いい。最初からやり直すなら金は多すぎないほうがいい」

「それに、私たちはそこそこ蓄えもあるにゃー」

思い返してみればシドさんの商売は国の料理人相手にはそこそこ成功しておりました。恐らくしばらく遊んで暮らせるくらいのお金はあることでしょう。

「それなら心配いりませんね」

ではお言葉に甘えていただくとしましょう——私は手渡されたお金を財布の中にしまいました。

儲けようとした結果、お金の収支は変動なし。

大変な思いをした割には少々労力に見合わない結果となってしまいましたが、まあいいでしょう。

——などと少々沈みながらも財布をしまった直後。

「これもおみゃーにあげるにゃ」

不器用でぶっきらぼうな様子でラヴィリスタさんは私に紙袋を一つ押しつけてきました。ぐい、と私の手の上で少し潰れる紙袋。中からほんのり漂うのは芳しくも甘い甘い小麦《こむぎ》の香り。

それが何なのかは言うまでもありません——私のお鼻が匂いをとらえたその時に、既に視線は紙袋の中にあるものの正体に勘づいておりました。

「君、パンが好きなのだろう？　ナナマさんから聞いたよ」

シドさんの言葉を聞き流しながらも袋を開く私。

そこにあったのは大量のパン！

「よかったら旅の最中に食べてくれ」

「私たちのパンは絶品《ぜっぴん》だにゃー」

顔を上げると二人の神が私に微笑《ほほえ》んでおりました。

私は拝《おが》むように二人に対して尋ねます。

「よかったら今食べてもいいですか？」

「もちろんだにゃ」

「ありがとうございます……！」

美食の祭典でもろくに食べておらず、レストランでも食べ損ねた私のお腹の中は既に乾《かわ》きに乾いた砂漠のような有様となっており、パンの香りを嗅いだとたんに忘れていた空腹感が波のように押し寄せてまいりました。

栄養剤ぶりのまともな食事……！

私は紙袋からパンを一つ取り出し、はむ、とかぶりつきました。

ひとつ噛むたび口に広がる甘い香り。この上ないおいしさと多幸感《たこうかん》で私の中が満たされていきます。

「どうだにゃ？」

感想求めるラヴィリスタさんに答える言葉は既に決まっていました。

パン。

それは私にとっての。

「世界一です」

第三章　賢い助言

その日、とある国のレストランは貸し切りとなっておりました。

ビュッフェ形式の店内でシャンパン片手に雑談を交わしているのはいずれも煌《きら》びやかな衣装を身に纏《まと》った大人たち。

噂《うわさ》によるとこの場の会合はすべて招待制《しょうたいせい》。声をかけられた方がお友達を一人引き連れ、そのお友達もまた一人だけ引き連れる――限られた者だけがその場にいることを許される特別なパーティーなのです。

このように少々秘密主義的な側面を持っているのは一体なぜなのか。

その原因は周囲を見回せば容易《ようい》に想像がつきます。

会場内でお酒を呷《あお》っているのはいずれも有名人ばかりなのです。

たとえばそれは国内で活躍する有名役者や政治家、資産家、投資家。あるいは人脈《じんみゃく》という不透明《ふとうめい》なものを自慢《じまん》げに掲《かか》げるよくわからない人、お金の気配を察知《さっち》して群《むら》がるハイエナのような女性――言い換えると欲にまみれた方ばかりがその場にはおりました。

この会合に名をつけるなら欲まみれパーティーと呼ぶのが相応《ふさわ》しいことでしょう。

少なくともその場において唯一《ゆいいつ》まともな人間がいるとするなら一人だけ。

「はむはむ……！　はむっ……！　わあおいしい」

はてさて一体どなたでしょう？

そう、私です。

「はむはむはむ――」

ビュッフェということは食べ放題！　ということで私は自らの胃袋《いぶくろ》が許す限りその場にあった料理を食《しょく》していきました。

人のお金で食べるご飯。最高ですね。

などと心の底から満足しながら私がタダ飯を食らっている時のことでした。

「君、ちょっといいかな」

呼び止められました。

「はむ？」何ですか？　と反応をしながら顔をしかめる私。

そこにいたのは先ほどからお金持ち男性たちの前で「可愛《かわい》い子いっぱい紹介《しょうかい》できますよ」などと人脈自慢をしていた男性でした。

「君って誰の招待でここに来たの？　見慣れない顔だけど」

誰？　と首をかしげる男性。曰《いわ》く彼はパーティーの主催《しゅさい》だそうです。

疑問ならばお答えしなければなりません。

私は彼を真《ま》っ直《す》ぐに見つめたのち、一枚の紙切れを掲げてみせました。それは今回の貸し切りパーティーのチケット。その場に入る資格を有していることを私は言葉を使わずに潔白《けっぱく》を証明してみせました。

「はむはむはむ」

これで問題ありませんね？　私はお食事で忙《いそが》しいんです。話しかけないでもらえますか。という意思表示を込めて私は料理を再び口にします。

「ああ、うん。資格持ってるのはわかったんだけどさ。それ、誰からもらったやつ？」

ひょっとして拾《ひろ》ったわけじゃないよね？

疑《うたが》うように目を細める男性。

「…………」

「…………」

私はそろりと目を逸《そ》らしておりました。


ぽい、とパーティー会場から摘《つま》み出されたのはその直後のことでした。

さすがにローブと三角帽子《さんかくぼうし》のままで侵入したのがまずかったのでしょう。その場にはまったく不釣り合いな格好《かっこう》の魔女。疑われるのは当然のことと言えましょう。

「――だから俺《おれ》がいないとすぐに追い出されるって言ったじゃないか。まったく、忠告《ちゅうこく》を聞かない子だな」

会場前でぼけーっとしている私に対して肩《かた》をすくめるのは、会場にいた方々と同じような煌びやかな衣装を身に纏った男性。お年は二十代半《なか》ばといったところでしょう。

私が会場内を一人でうろついていたのには理由があります。

「とはいえ、会場の雰囲気《ふんいき》を知っておかないと適切なアドバイスもできないじゃないですか」

あなたの忠告を聞かなかったのではなく、あえて無視したんですよ、と私は反論いたしました。

彼と私が出会ったのは今から三十分ほど前のこと。

ちょうど私がこの街の大通りを歩いていた時のことでした。


「くそっ……！　一体どうすればいいんだ……！」

その時彼は会場付近の公園にて頭を抱《かか》えて悩《なや》んでおりました。それはまさに親切な人間ならば声をかけるべき状況。ついでにいうと彼の手には招待制パーティーのチケットが二枚あったので、下心《したごころ》ある人間なら「それ何ですかぁ？　誰と行くんですかぁ？　余ってるなら一枚くださいよぅ」と尋《たず》ねる事案とも言えました。

「どうされたんですか？」

尋ねる私。その顔はまさに心優しき天使《てんし》の如《ごと》し。内に隠した下心など微塵《みじん》も感じさせない清廉潔白《せいれんけっぱく》な顔をしている私に、彼は自らの悩みを打ち明けてくれました。

曰く彼はこの国で活躍するそこそこ有名な劇作家なのだとか。

「そして俺は今、劇作家ゆえの苦悩《くのう》を抱いているんだ……」

妙《みょう》に仰々《ぎょうぎょう》しい言葉を並べる劇作家さん。

劇作家ゆえの苦悩……？

「って何ですか？」

その手にあるチケットと関係あることですか？　と尋ねる私。「チケットくださいよぅ」というニュアンスももちろん含めておりました。

すると彼は「ああ、まあ無関係ではないな……」と言葉をこぼしたのちに、語るのです。

苦悩とは何か。

「女にモテなくて困《こま》っているんだ」

女にモテなくて、困ってる――。

閉口《へいこう》する私。彼はそれから詳《くわ》しく事情を話してくれました。

劇作家となってそこそこ売れるようになってきた昨今《さっこん》、彼は有名役者やお金持ちともつながりができ、件《くだん》のパーティーに招待されるようになりました。

下心に釣られて興味本位《きょうみほんい》でひとたび誘われるままに行ってみれば、そこは美男美女が織りなす夜の世界。

今まで縁《えん》がなかったほどの美女たちがそこら中を歩いていたといいます。

そして今夜もそのパーティーが開かれる予定なのだそうですが、一つ問題を抱えているのだとか。

彼は悔《くや》しそうに語ります。

「前回のパーティーで全然モテなかったんだ……！」

頭を抱える劇作家。彼はどこまでも劇作家でした。会場で女性陣に囲まれたはいいものの、そういった場に免疫《めんえき》のなかった彼は、そこでひたすら自らの頭にある創作論を熱く語るという暴挙《ぼうきょ》に出ました。聞いてもないのに「物語とはこうあるべきだ」「今の業界は腐《くさ》ってるね。みんな気づいてないかもしれないけど」「今の売れ線って何だと思う？　俺は知ってるよ」「あの作品の面白《おもしろ》いところを言語化できる？　俺、そういうの得意なんだよね」などと不思議なまでに上から目線。彼の中では創作に関して真摯《しんし》に語る姿が格好いいという認識だったのです。結果、女性陣からは「なんか独《ひと》り言《ごと》ずっと言っててキモい」との評価が下《くだ》されたそうです。そもそも誰も話聞いてませんでした。

「というわけで、今回のパーティーでは粗相《そそう》をしないようにしたい……でも前回やらかしているから入るのも気まずいんだよ……」

そうして悩み続けた結果、会場付近の公園で頭を抱えることとなったのだとか。

どうすればいいかなぁ、と尋ねる劇作家さん。

私は言いました。

「黙《だま》ってればいいんじゃないすか」

「適当だな！」

「でも正直なところ、そういう創作論をカ語らなければ解決じゃないですか？」

そもそもパーティー会場で聞きたい話じゃないでしょう。創作論なんて。

老婆心《ろうばしん》ながらそのように語って差し上げる私。しかし彼は首を振ります。

「残念だがそれはできない」

「なぜですか」

「自分の創作論を語っている瞬間がこの世で最も気持ちいいからだ……」

「あなたそんなんだからモテないんですよ」

「うるさいぞっ！」

余計《よけい》なお世話だ！　と怒《おこ》る劇作家さん。

ちなみに女性に対して声を荒《あら》らげる人もモテませんよ。

とまでは言いませんでしたが、彼はそれから「他には何かないかな」とアイデアを私に求めます。

「そうですねえ……」

つまり黙る以外の方法で、パーティーで目立てばいい、ということですね？　あわよくば創作論を語れる状況下で。

「解決策を提示してくれるならこのチケットを一枚君に譲《ゆず》ってもいいぞ」

招待制のパーティーチケット一枚。それがあれば私も堂々《どうどう》と入ることができるようになります。

ぜひともチケットはいただきたいですね。下心に揺《ゆ》れ動かされた私は、それから考えました。考えて考えて、考えました。考えている間にそういえば今日はまだご飯を食べていないことを思い出しました。

「うーん……アドバイスしたいのはやまやまなのですけれども、会場がどんな場所なのかがわからないとアドバイスできないですね」

「うん……うん？」

「とりあえず会場まで案内してもらえますか」

「それはいいけど……その後どうするんだ？」

「先にチケットを一枚ください」

「？」首をかしげる劇作家さん。「あげてもいいが……それでどうするつもりだ？　俺が一緒《いっしょ》じゃないと多分、ちょっと滞在《たいざい》しただけで摘み出されると思うぞ」

招待制パーティーなので知り合いが一人でも中にいないと弾《はじ》かれてしまう可能性があるそうです。有名人ばかりが集《つど》うパーティーゆえの弊害《へいがい》といったところでしょう。

「でも中にはいることはできるんですよね？」

「できたとしても滞在できる時間は数分程度だと思うが」

数分程度ですか。

「十分です。それだけあればお腹《なか》いっぱい食べられます」

「ん？」

なんて？

などときょとんとしている男性をよそに、私はそのままパーティー会場へと突入いたしました。

入り口でチケットを掲げ、会場であるレストランまで突入し、それから好き放題に料理を食べてみせました。

そのあとはご存じのとおり、主催の男性に見つかり、普通に摘み出されてきたのです。

「何がしたかったんだ君は」

唐突《とうとつ》な私の行動に対して彼はたいそう疑念を抱いておりました。突拍子《とっぴょうし》もない言動に対する真《ま》っ当《とう》な反応といえましょう。

私は彼の言葉を聞き流したうえで語ります。

たしか彼は「入るのは気まずい」と語っておりましたけれども。

「いまなら普通に入っても問題ないと思いますよ」

こっそり会場から拝借《はいしゃく》してきたパンを懐《ふところ》から取り出し、はむはむと食べながら言いました。「いま会場は変な魔女が乱入《らんにゅう》してきて困ったという話題で持ちきりになっていることでしょうから、あなたが入ったところで注目されることはないと思います」

「！」

目を見開く劇作家さん。

そう——すべては私の計画通り……。

「私はあえて目立つことをして、あなたが入りやすいように会場の空気を整えたのです……」

悪者一人いるだけで物事というものは円滑《えんかつ》に進むものなのです——などと私は語って差し上げました。

「なるほど！　ただ単にタダ飯が食べたかっただけではないんだな」

「…………」

目を逸らす私。

そんな後ろめたい心境《しんきょう》しかない私に対して、純粋《じゅんすい》な劇作家さんは少々申し訳なさそうな様子《ようす》で語ります。

「しかし会場に入ることができても、根本的な問題はまだ解決できていないんだが……」

ちやほやされたい。

けれど創作論も語りたい。

たしかそれが彼の願いだったはずですけれども。

「その問題の解決は最も簡単ですよ」

「何だと？」

首をかしげる劇作家さん。

それから私は最も簡単な解決策を提示して差し上げました。

「今から私が言うことをそのまま実践《じっせん》してもらえますか？」


時はそれから少しあと。

パーティー会場の中心にて。

「――というわけで、いきなりやってきた魔女が俺に色々と言ってきてさ、本当に困ったよ」

劇作家さんは女性陣に囲まれながら、随分《ずいぶん》と心地よさそうに持論《じろん》を展開しておりました。

私が提案したことはたった一つだけ。

見事に彼は実践していました。

「そういえばその魔女が、こんなことを言ってたんだ――」

口を開き、彼はそれから語ります。

それは創作論。

例えば彼の同僚《どうりょう》の作品が売れない理由だったり、売れている作品とそうでない作品の違いであったり、あるいは自身の作品の優れているところであったり――先日と何ら変わらない創作論。

前回と違うのは、話の展開方法でした。

「――って魔女が言っててさ。俺はなるほどねって思ったんだよ。なかなか鋭《するど》い観点だなって」

彼はそのような言葉を付け足していたのです。

先日のパーティー会場で最も問題だったのは相手が興味もない話を延々《えんえん》と語り続けてしまったこと。自身を大きく見せたいという欲を隠せなかったこと。

だから彼が語りたくて仕方なかった創作論を、すべて私から聞いたことに置き換えたのです。

私が創作論を話し。

それを聞いた彼が自らの持論を語る。

話の流れをそのように変えるだけで、空気も読めずにいきなり創作論を語っている痛々《いたいた》しい劇作家から、おかしな発言をする魔女に対して冷静な分析をしてみせる劇作家へと姿を変えることができるのです。あるいはおかしな人に絡《から》まれて同情されるかもしれませんね。あくまで過激《かげき》なことを言っているのは私になるわけですから。

悪者一人いるだけで物事というものは円滑に進むもの。

姑息《こそく》なやり方でしたが、その場で注目を集めるには十分でした。

後から聞いた話ですが、彼の周りには女性が集まり、「えーすごーい！」と相槌《あいづち》を打つくらいにはなったそうです。そこそこ成功したとみていいでしょう。

私も私で高級料理をたんまりいただくことができましたので、双方が得をした形になりましたね。

会場で創作論を語りたい欲が一通り満たされたあと、劇作家さんは後日、私に感謝の言葉を述べてくれました。

「いやぁ、ありがとう！　魔女さん、おかげで昨日《きのう》はいい一日になったよ」

「それはよかったです」会場から拝借したパンを今日も食べる私。

彼は満足げな表情のまま尋ねます。

「しかしいい案だったな。あれ、君が考えたのか？」

私は苦笑《くしょう》しながら返しました。

いえいえまさか。

「私の知人が教えてくれたんです」

歴史資料館の救い方

『伝統《でんとう》のリュヴィリー』。

それは古きよき歴史《れきし》を愛する国。

街《まち》そのものが文化遺産《ぶんかいさん》に認定されており、つまり住民たちは歴史そのものと生活を共にしていると言っても過言《かごん》ではありません。

街のすべての建物が赤い屋根《やね》で統一《とういつ》。高さも均一《きんいつ》。まるで一面に広がる赤い絨毯《じゅうたん》のよう。特に朝方《あさがた》、昇り始めたばかりの陽《ひ》に照《て》らされた街の景色《けしき》はまさしく絶景《ぜっけい》。

何度見ても、その美しさにはため息を漏《も》らすことでしょう。

観光客であれば尚更《なおさら》。

住民であっても同様に。

「綺麗《きれい》……！」

その日も少女――レキは一人、見慣《みな》れた景色に感動していました。美しいものを見ただけで一日を頑張《がんば》れる気がしました。

ここは古きよき歴史を愛する国。

その住民であるレキもまた、古きよき歴史を愛する一人でした。

「さて、そろそろ行くであります！」

くるりと振り返り、彼女は高台《たかだい》にある職場へと進みます。

歴史資料館《れきししりょうかん》。

それが彼女の職場でした。

やる気に満ち溢《あふ》れたレキはいつも職場に一番乗り。鍵《かぎ》を開けて、まだ誰もいない暗い館内を歩みます。

歴史資料館とはその名の通り、リュヴィリーや周辺諸国における歴史資料を多数保管している施設。歴史上の人物が実際に使用していた武器や道具、それから実際に認めた書類の数々など、ここでしか見ることができない資料がガラスケースの中に収められています。

歴史として後世《こうせい》に語り継がれるのは、人や物事が大きく動いたその瞬間《しゅんかん》。資料館はそんな瞬間を切り取って集めた一つの空間。

歩くだけでまるで過去から現代へと渡っているかのようでした。

歴史の息吹《いぶき》を存分に感じられるその職場がレキは好きでした。

「……よし」

職場の中で彼女は制服《せいふく》に着替えます。

レキは歴史資料館の新人案内人。

案内人はリュヴィリーにおける民族衣装《みんぞくいしょう》を身に纏《まと》うしきたりとなっているため、彼女も習《なら》わし通りに衣装を身に纏いました。

ちなみにリュヴィリーの民族衣装はひらひらしていて露出度《ろしゅつど》も高く、そこそこ可愛《かわい》いことで人気でした。

実のところ歴史資料への興味とこの制服を着てちやほやされたいという欲が半々《はんはん》だったりするのですがそれは秘密です。

「よし、私、今日も頑張るであります！」

何はともあれ不純《ふじゅん》な動機《どうき》を由緒《ゆいしょ》ある衣装で覆《おお》い隠《かく》しながら、彼女は今日も、働きます。

これまでの歴史を、これからも人々に紹介《しょうかい》し続けるために——。

「おお、レキくん。今日も張り切ってるねぇ」

歴史資料館の館長が職場に来たのはほぼ同時のことでした。

「おはようございます！　館長！」敬礼《けいれい》で迎《むか》えるレキ。

館長は今日もやる気に満ちた新人案内人に対して「おはよう」と笑いながら言いました。

「ところでレキくん」

「はいっ！」

「すまないが来月から君は無職《むしょく》だ」

「は？」

歴史として後世に語り継がれるのは、人や物事が大きく動いたその瞬間。

時代は常に、動いているのです。

「あ、すみませんもう一回いいですか？」

聞き直すレキ。いまもしかして無職とか言いました？　聞き間違《まちが》いかな？

尋《たず》ねるレキに、館長は「うむ」と頷《うなず》いた後に答えました。

「君ね」

「はい」

「来月から無職だよ」

「そんなばかな」

聞き間違いじゃなかった。

●

いきなり無職になるなんて！　でも一体なぜ？

レキは嘆《なげ》き悲しみました。

「そ、そんな……！　一体どうしてですか館長！　やっと入ることができた憧《あこが》れの職場なのに……！」

「うん……そうだね」

「ひょっとして私、何か粗相《そそう》をしてしまったのでありますか？　マニュアル通りにこなしていたはずなのですが……」

「いや、そうじゃないよ」

「ではなぜでありますか」

尋ねるレキ。そもそも勘違《かんちが》いが一つありました。

「実は歴史資料館は今月いっぱいで閉館《へいかん》する予定になってるんだ」

来月から無職になるのはレキだけでなく、館長も一緒《いっしょ》だったのです。「以前から経営が危《あぶ》なかったんだけど、ついに立ち行かなくなってしまってね」

歴史資料館。とはいえど維持《いじ》にはお金がかかるもの。そしてお金を使うためには稼《かせ》がねばなりません。しかし残念ながら歴史資料館は十分な顧客《こきゃく》を確保《かくほ》できていなかったのです。

「たしかによく考えてみたら案内を一度もしない日が時々あった気がするであります」

思い返してみたら丸一日ボケーっと過ごしてるだけの日がそこそこあった気がします。

「レキくんはもっと周りをよく見たほうがいいね」

「はっ！　今後は気をつけるであります」敬礼を返すレキでした。

「まあ気をつけても来月にはなくなっちゃうんだけどね……」

力なく笑う館長。

重い空気が二人の間に立ち込めます。

そんな最中のことでした。

「お困《こま》りのようですね」

どこからともなく響《ひび》く凛《りん》とした声。

一体誰？　振り返るレキ。

「あ、あなたは！」

驚きました。

そこにいたのは灰色《はいいろ》の髪《かみ》の魔女だったのです——突如《とつじょ》としてレキの脳裏《のうり》に、仕事のために詰め込んだ知識が溢れ出します。

——『伝統のリュヴィリー』にはこのような歴史があります。

およそ百年前、『伝統のリュヴィリー』のとある農家が不作《ふさく》で苦しんでいた時のこと。

村長が知り合いの魔女を呼び寄せ、どうにかしてほしいと頭を下げました。知り合いの魔女はそんな村長の願いを聞き入れ、雨乞《あまご》いをして見事雨を降らせてみせたそうです。

村の窮地《きゅうち》を、魔女が救ったのです——たった今、目の前の扉《とびら》に背中《せなか》を預《あず》けて「ふっ……」と格好《かっこう》つけている彼女のように。

ひょっとして、これは歴史の再現？

館長の知り合いですか？

期待を込めつつレキは館長に視線を向けました。

「誰だね君は」

違《ちが》いました。

普通に不法侵入《ふほうしんにゅう》だったようです。

「まあ細かいことはどうでもいいじゃないですか」

違法行為《いほうこうい》を細かいことの一言で片付けた魔女はそれから「たまたま通りかかったら困っていそう

な声が聞こえたので、顔を出してみたんですよ」と語りました。

彼女の名はイレイナ。

旅人であり、そして魔女でもあるそうです。

「私ならばあなた方のお困りごとを解消《かいしょう》できると思いますよ」

「なにぃ……？」

どこからそのような自信が出てくるのかはさっぱりでしたが、しかし彼女の無駄《むだ》にでかい態度《たいど》には「何とかしてくれるかも」と思わせるような凄《すご》みがありました。

しかし同時にまあまあ怪《あや》しかったのも事実でした。

「私に助けてもらいたければこちらにサインをお願いします」

いきなり契約書を出してくる時点で裏《うら》がありそうな雰囲気満載《ふんいきまんさい》でした。契約交わした途端《とたん》に「じゃあこの歴史資料館は他国《たこく》に売却しますね。え？　そんなの聞いてない？　ああごめんなさい。もう契約を交わした時点でここの所有権は私にあるので口出ししないでもらえますか？」などとぬかしながら唐突《とうとつ》に裏切ってくるような気配すら見えました。

ここは断るべきだと館長の長年の勘が告げています。

だから口を開き——

「サインするであります！」

と思ったら部下が既《すで》にサインしていました。

「毎度あり」

にやりと笑う灰の魔女。

「レキくん」

「これで将来安泰《しょうらいあんたい》でありますね、館長！」

「レキくん」

君はもう少し賢《かしこ》くなったほうがいい。館長はレキの肩《かた》にそっと手を置きました。

●

館長が抱《いだ》いていた心配ごとは杞憂《きゆう》に終わりました。

灰の魔女は自らをイレイナと名乗り、契約を交わした時点から実際に歴史資料館再建のために行動を起こしてくれることとなったのです。

まず最初に彼女が行ったのは現状の問題点の洗い出しでした。

「そもそもなぜ客が入らなくなったのだと思いますか？」

歴史資料館の事務室の中、灰の魔女は黒板《こくばん》に『なぜなぜ？　歴史資料館がいまいちウケない理由』と議題を書きました。

まず最初に灰の魔女は「館長さん、なぜだと思いますか？」と投げかけます。

館長は少し考えてから答えました。

「……目新《めあたら》しいものがないから、ではないだろうか」

「はい違います。廊下《ろうか》に立っててください」

「…………」

館長は廊下に立たされました。

続いて灰の魔女はレキに対しても同様に尋ねました。

なぜだと思いますか？

「はいっ！　ずばり目新しいものがな――」

「廊下に立ってなさい」

レキは館長の隣《となり》に並びました。上司が言った言葉をそのまま復唱《ふくしょう》する。レキは悲しいまでのマニュアル人間でした。

それはさておき。

「それで、答えは何なのでありますか！」

廊下から手を上げるレキ。

灰の魔女は「そんなこともわからないんですかぁー？」などと言いたげな表情で、むふんと鼻を鳴らしたのちに答えを教えてくれました。

「目新しいものがないからです」

「え？　いやそれさっき私たちが言っ――」

「いいですか？　二人とも」灰の魔女は無視《むし》しました。「新しいことがない。だから顧客が減る。これは極めて自然なことなのです」普通にいきなり正解を当てられたので若干《じゃっかん》ご機嫌《きげん》斜《なな》めですらありました。灰の魔女は心の大きさが豆粒《まめつぶ》程度しかありませんでした。

それから灰の魔女は廊下に立ってる二人に対して講釈《こうしゃく》を並べました。

「恐らく歴史資料館は、新しいものがなくとも顧客が来てくれるような状況《じょうきょう》に慣れてしまっていた——言い換えれば、顧客たちに甘えてしまっていたんです。だから人々の心が徐々に離れていってしまったことに、気づかなかったのでしょう」

いついかなる時も人の時代は動いているもの。同じ道を繰り返すことはあっても立ち止まるようなことはありません。

歴史資料館が忘れ去られてしまった要因は、ひとえにそういった人々の心の動きを気に留めなかったことだろうと魔女は分析しました。

「『今日までよかった』が『明日からも大丈夫《だいじょうぶ》』であるとは限らないのです」

こうして歴史資料館は、歴史の中に取り残されてしまったのです——。

お話をそのように締《し》めくくる灰の魔女。

「それで、どうすれば状況を打開できるのでありますか？」

はいはい！　と挙手《きょしゅ》しながらレキは尋ねます。

教える魔女に、尋ねるレキ。その関係性はまさしく教師と生徒。灰の魔女は気持ちよくなりました。

「——いつの時代も歴史をつくるのは私たち。読み解き、伝えるのは後の人」

格好つけながら意《い》味《み》深長《しんちょう》なセリフを並べる灰の魔女。

「何でありますか？」

首をかしげるレキでした。

灰の魔女はここぞとばかりに得意げな表情を浮かべながら、

「どうするか、ですって？　そんなの決まってるじゃないですか」

そして廊下に立っている二人に向かって、言いました。

「つくるんですよ、この施設の新時代をね」

●

後日《ごじつ》のこと。

灰の魔女は有名な写真家を複数名連れて歴史資料館に訪《おとず》れました。

余談《よだん》ではありますが歴史資料館には写真に収めるといい感じにオシャレに見えるスポットがいくつかあります。

「いえーい」

灰の魔女はそんなオシャレな場所にて自身の写真を撮らせて回りました。

それは例《たと》えば、なんとなく綺麗な銅像《どうぞう》――の前で笑みを浮かべている灰の魔女であったり。

画廊《がろう》を歩いている灰の魔女であったり。その辺の階段に腰掛けて物憂《ものう》げな表情を浮かべている灰の魔女だったり。あるいは窓辺に腰掛ける灰の魔女だったり。

館長は出来上がった写真の数々を見ながら言いました。

「これ歴史資料が全然写ってないじゃないか」

肝心《かんじん》の歴史資料館の様子《ようす》がほとんど写っていません。「こんなにも可愛い魔女は一体どなたでしょう？　そう、私です」と言いたげな魔女の主張が強すぎて歴史資料館であること自体わかりません。

そして今も写真撮影が行われていますが、麗《うるわ》しい横顔を見せている灰の魔女の背後にあるのは『伝統のリュヴィリー』の街並みでした。もはや歴史資料館の面影《おもかげ》は皆無《かいむ》。

しかし灰の魔女はカメラに納まりながら言いました。

「こういう方が映《は》えるからいいんです」

「映えるって何だ」館長はそこそこの年齢だったので若い子の流行《りゅうこう》はさっぱりでした。

「まあ細かいことはいいんですよ」

したり顔をする灰の魔女。尚《なお》もシャッターが押され続けていました。画角《がかく》に納まる灰の魔女。

「いえーいであります」

よく見たら新人案内人も一緒になって写っていました。

「…………」館長は閉口《へいこう》しました。「何してるのだねレキくん」

「――はっ！　体が勝手に……」

失礼しました！　と敬礼するレキ。

灰の魔女はそんな彼女にくすりと笑みを向けました。

「一緒に写りたかったんですか？」

「い、いやあ……実は私もこの景色がお気に入りでして――」

返ってきた答えは否定《ひてい》ではなく恥《は》じらい。灰の魔女はレキの言葉を肯定《こうてい》とみなしました。

「写るならもうちょっと着崩《きくず》したほうが映えますよ」

「そういうものなのでありますか」

「完璧《かんぺき》よりも少しズレたほうがいいものです」

言いながらレキの衣装のボタンを一つ開ける灰の魔女。

レキは「おお」と頷きました。

「それはつまり裸《はだか》になれということでありますか」

「あなた白か黒しか選択肢《せんたくし》ないんですか？」

「脱《ぬ》ぐであります」

「こらこらこら」

急に脱ごうとするレキを強引に止める灰の魔女でした。

ほどよい感じの灰色。世の中の大半はそういう微妙《びみょう》な感じの色で占《し》められているんですよ、と灰の魔女はご自慢《じまん》の髪を無駄に靡《なび》かせながら言いました。

ともかく灰の魔女はこうして色々な写真を撮って回りました。

一日で相当数の写真が出来上がりました。

「いかがですか？」

腰《こし》に手を当て自慢げに館長に見せる灰の魔女。

そこにあるのは様子のおかしい女子二人が写っている写真ばかり。改めて見ても歴史資料的な要素は皆無。

「で、これをどうするつもりなのでありますか？」

レキは尋ねます。

歴史資料館に新時代をつくるという話はなんだったのでしょう？　疑問を抱くレキに、灰の魔女はもはや見飽きたしたり顔で言いました。

「三日ください。必ずここを大繁盛《だいはんじょう》させてみせますよ」

「そんなバカな」

そして三日後。

歴史資料館に客が殺到《さっとう》しました。

「そんなバカな」

まあ何ということでしょう。

いつものように出勤《しゅっきん》をしたレキと館長の目の前にあったのは、大量の若い女の子と写真家たちでした。

「すごーい！」『超ヤバー！』『撮って撮って！』

若い女の子たちが歴史資料館のいたるところで無駄に高い声をあげています。

ここまでの注目が集まったのは歴史資料館史上初ともいえるでしょう。

「魔女殿！　一体どんな魔法を使ったでありますか」

驚愕《きょうがく》し、目を輝かせながらレキは尋ねました。

魔法だなんてとんでもない。

「私はただ、先日撮った写真をあちこちにばら撒《ま》いただけですよ」

そして写真にはもれなくきらきらした灰の魔女が写っており、若い子たちがこぞって「私も灰の魔女さんみたいになりたい！」と殺到したのです。なぜなら今時の若い子はきらきらしたものに目がないから。蛾《が》と同じです。

「どうですか館長さん」私が言った通りでしょう？　と灰の魔女。

「これでは様子がおかしな女子が増えただけではないかね」

「まあ失礼《しつれい》」

ともあれ歴史資料館には似つかわしくない格好と雰囲気を纏った女子たちに館長はたいそう困惑しました。

そも歴史に興味ある顧客を増やしたいのであって、映えたがりを寄せ付けたいわけではない。ただ映えたがりの女子が増えたところで売上げには貢献《こうけん》しないのではないか。そもそも映えたがりって何だ。

などとあれこれと気にする館長でしたが、灰の魔女は「ご安心ください」と彼の心を見透《みす》かしたように語ります。彼女は懸念点《けねんてん》を既にカバーしていたのです。さすがは魔女。みだりに四六時中《しろくじちゅう》したり顔をしているわけではないのです。

「それではお二人とも。あちらをご覧《らん》ください」

そこにいたのは年齢さまざまな男女たち。映えたがり女子たちのお友達でしょうか？　しかし見た目はさほど派手《はで》とは言い難《がた》く、どちらかといえば対極《たいきょく》にいそうな存在にも見えます。

「？　何だね」

尋ねる館長。

年齢さまざまな彼らと目があったのはその時でした——彼らは途端に二人の元へと向かってくると、

「館長！　写真を見ましたよ！」

と押し寄せました。騒《さわ》ぎが起きたことへのクレームでしょうか。ああ面倒なことになった、と早速《さっそく》とばかりに嫌《いや》な予感を察知する館長。

しかし彼らはそれから不思議なことを言い出したのです。

「私たちの手で歴史資料館を守るお手伝いをさせてください！」「歴史資料館がこんな酷《ひど》い目にあっていたなんて信じられない……！」「このままでは歴史資料館はダメになる！」

鬼気《きき》迫る勢いの彼らは、近隣諸国の歴史マニアたちでした。

「い、一体何事でありますか？」

戸惑いを隠せずにいるレキ。

すると呼んでもいないのに横からすすすとしたり顔が登場します。

それは一体どなたでしょう？

灰の魔女です。

「実はちょっとした仕掛《しか》けを写真に仕込《しこ》んでおいたんですよ」

彼女は悪びれることもなく説明しました。

『伝統のリュヴィリー』が誇る歴史資料館には、いくつか禁止事項があります。

例えば入ってはならない場所があったり。例えば触ってはならないものがあったり——重要文化財を守るために、そうした禁止事項を順守《じゅんしゅ》しながら資料館を巡《めぐ》らなければなりません。

しかし魔女曰《いわ》く。

「あえてルール違反を少しだけしておいたんです。制服を着崩すみたいに」

たとえば階段で撮った写真はそもそも階段そのものが立入禁止区域だったり。とある写真で身につけているアクセサリーが実は普段は展示されているものだったり。

彼女がばら撒いた写真には、そうした小さな違和感が随所《ずいしょ》にちりばめられていたのです。

「！　そうだったのでありますか……？　全然気づかなかったであります……」

「私って悪いことを隠すのが上手《うま》いんですよ」

館長とレキの二人に気づかれることなくばら撒かれた規則違反している写真の数々は、すぐに近隣諸国の歴史マニアの目に触れることとなりました。

バカな観光客が歴史資料館を冒瀆《ぼうとく》している——歴史マニアたちの目には、灰の魔女の写真はそのように映ったかもしれません。

「こうして歴史資料館で目立ちたい人と、歴史資料館をよりよくしたい人の二種類が大量に集まることとなったんです」

つまり灰の魔女は間違った動機で正しい結果を生み出したのです。

「おおお……！」

横でお話を聞いていたレキはただ単純《たんじゅん》に感激《かんげき》しました。

――『伝統のリュヴィリー』にはこのような歴史があります。

数百年前。誤発注《ごはっちゅう》でうっかり他国から大量にお魚を仕入れてしまった時のこと。受注担当者はあえて「いやぁ大変なことになっちゃいましたよ」と誤発注したことを公言《こうげん》し、民への協力を仰《あお》ぎました。すると驚くことに人々は協力を申し出たのです。

時には間違いを犯す。

正しい道からほんの少しだけ踏み外す。

これこそが、未来を切り開くきっかけとなったのです――。

「魔女殿、ひょっとしてわが国の歴史になぞらえて行動を起こしてくださったのですか？　すごいであります！」

目を輝かせるレキ。

「え？　ああ、はい。そうですね。歴史になぞらえましたとも」

灰の魔女は息を吐くように嘘《うそ》をつきました。

「しかしこんな形で注目を集めるのが正しいのだろうか……」一方でレキとは異なり、館長は複雑な心境《しんきょう》を抱いていました。

一方は目立ちたいから。

もう一方は目立ちたがりを止めるため。

歴史資料館に集まっている人々が正しい動機で集まっているとは到底《とうてい》思えなかったのです。

灰の魔女はそんな彼に尋ねます。

「正しい動機ってそんなに重要ですか？」

そして言葉を続けます。

「いつの時代も歴史をつくるのは私たち。読み解き、伝えるのは後の人――それこそ今の出来事も、十年後には逸話《いつわ》かもしれませんよ」

「…………」

正しい動機にこだわることは正しいことなのでしょうか。

騒がしい人々の群れを眺《なが》めながら、灰の魔女は、尋ねます。

「変わることなく忘れられるなら、少しだけ間違えて変わった方がいいと思いませんか？」

さすればこの歴史資料館も存続できることでしょう――灰の魔女は、人々を取り戻してみせた一連の出来事を、そのように締めくくるのでした。

では実際のところどうなのでしょう？

灰の魔女が語った通り、歴史資料館はその後、存続することができたのでしょうか？

事実をたしかめるために、時計の針《はり》を少しだけ進めてみることとしましょう。

時は流れておよそ二年後。

「――こうして、旅の魔女によって歴史資料館は再建の機会を手にいれることができたのであります」

訪れた人々の案内をする一人の女性の姿がありました。

二年前に起きた騒ぎにより、歴史資料館はその価値が再認識されることとなりました。

一部の区画は写真撮影ができるエリアとして開放されたことで若い層の心を掴《つか》み、ついでに直接触ることができる展示品も増やしたところ歴史マニアたちが興奮して頬擦《ほおず》りしに来るようになりました。

閉鎖的な空気に満ちていた歴史資料館は今や人で溢れる観光地。

新人案内人であったレキ——私の仕事もまた、当時とは大きく変わっていました。

今は魔女殿が起こした騒動も、当時の資料と共に展示の一つに加えられており、その案内役を仰《おお》せつかっているのです。

私の目の前にいるのは資料館を訪れた多くの方々。大人から子どもにいたるまで、歴史資料館再建の物語に興味津々《きょうみしんしん》な方々。

いかがでありますか？　などと尋ねれば、一斉《いっせい》に質問の手が上がります。

誰にも注目されていなかった資料館が蘇《よみがえ》った経緯《けいい》にみなさん興味津々なのでしょう。

ある人は尋ねました。

「その後、魔女さんはどうなったのですか？」

それはそれはとても、よくある質問。

旅の魔女。灰の魔女。

歴史資料館の今があるのは彼女のおかげと言っても過言ではないでしょう。国の一大施設を救った恩人《おんじん》の行方《ゆくえ》が気になるようです。

「いい質問であります」

私は挙手してくれた方に笑みを返しながら、答えます。

灰の魔女殿にまつわる質問が来たら、必ず話す物語が一つあるのです。

長話のあとで申し訳ありませんが、もう少しだけお付き合いください、であります。

「実は、歴史資料館再建の物語には、少しだけ続きがあるのです――」

そして、ほんの少しだけ着崩した制服を身に纏いながら。

私は今日も語るのです。

「――『伝統のリュヴィリー』には、このような逸話があります」

○

「ふふふふふ……」

歴史資料館の前。

高台にて、重くなったお財布《さいふ》を眺めながら不敵《ふてき》な笑みを浮かべる魔女がおりました。

一体どなたでしょう？

そう、私です。

「魔女殿、此度《こたび》は本当にありがとうであります」

敬礼しながら笑みを浮かべるのはレキさん。

歴史資料館と交わした契約書には売上金の一部を私に流すよう条文が書かれており、そして真面目な彼女はきっちりその代金を支払いに来てくれたのです。

私は手渡されたお金を数えながらにこりと笑っておりました。

「いえいえ。私にできることをして差し上げたまでですよ」

まあ周辺諸国の女子たちと歴史好きを捕まえて「こういうのがあるんですけどどうですか？」と触れ回っただけですけれども。

歴史資料館の一件は想像以上の効果を見せてくれたようです。

「館長さんが言っていたのですが、おかげさまで閉館は撤回《てっかい》となったそうです」

「それはよかったです」

結局のところ、歴史資料館という場所のお堅《かた》いイメージが人を寄せ付けていなかったのでしょう。

一度騒ぎが起こればご覧の通り。

歴史資料館の美しさ。高台からの景色のよさ。そして展示されている資料の数々をひと目見るために、たくさんの人が集まっていました。

「ああ、イレイナさん。これ、今回の撮影代です」

それから私に上納金《じょうのうきん》を渡すために集まっている人たちもいました。

「ああどうも」

さらりと受け取る私。

「……魔女殿？」

何ですか今のやりとり。誰ですか今の人。と目を白黒とさせるレキさん。

私は無視しました。

なぜなら他にも私に上納金を渡しに来ていた人たちがいたから。

「いやあ。ありがとうございます、イレイナさん。歴史資料館の館長さんとお話しすることができました。今度、レアものの資料を展示する約束まで取り付けてもらえちゃいましたよ！」

「それはよかったですね」

お金を受け取りながら相槌《あいづち》を返す私。

「……あのう、魔女殿？」

今の人たちは一体何なのでありますか。と目を細めるレキさん。その目には明らかに嫌疑《けんぎ》の色が浮かんでおり、さしずめ単純な彼女であっても、意味不明なお金のやり取りに不信感を抱かずにはいられなかったのでしょう。

……致《いた》し方《かた》ありません。

説明する他ないようですね。

ですから私は言いました。

「しーっ」

「いや、しーっ、ではないであります！」

何でありますか、と疑うレキさん。

実のところ、私がお金を受け取る約束を交わしていたのは歴史資料館だけではないのです。

むしろ一連の出来事のすべての行程においてお金が流れるように仕向けていたといえましょう。

例えば写真家たちには「あ、ここ写真撮影有料なんで、撮影終わったらお金払ってくださいね」と触れ回り。

そして歴史マニアには「私って館長さんと仲良いんで、仲介《ちゅうかい》してあげましょうか？　見返りくれるなら、ですけど」と触れ回り。

こうして私は無から大金を生み出したのです。

近頃資金調達で失敗したのが嘘のように私の財布は豊かな恵みに包まれていました。おかねだいすき。

しかしレキさんに疑われてしまっては仕方ないですね。

説明する他ないようです。私は改めて口を開き、

「しーっ」

「魔女殿ー？」

「まあまあ」彼女の肩に手を回しながら囁《ささや》く私。「細かいことはいいじゃないですか。……ねえ？」

「いやでも……ええ？」

突然のスキンシップに彼女の語気《ごき》が弱まります。疑い、追及《ついきゅう》しようとしていた彼女の表情は途端に戸惑いと照れに満ちました。

もうひと押ししたらイケそうですねこれ。

「こちらをどうぞ……レキさん」

私はたった今いただいたばかりのお金を一部、彼女の懐《ふところ》に収めました。

「！　な、ななな何をしてるのでありますか！　魔女殿！　こ、こんなのダメであります！」

「いいからいいから」

「はわわわ……」

これまで真面目に生きてきた彼女にとってそれは初めて味わう刺激《しげき》だったことでしょう。私は戸惑う彼女に囁きながら教えてあげました。

「知っていますか……？　レキさん。悪いことは、楽しいんです……」

「悪いことは、た、楽しい……？」

そう。

道を踏み外してみるのは必ずしも間違いではないのです――。

「レキさん。あなたもたまには、ちょっと悪いことをしてみませんか……？」

「ちょっと、悪いことを……」

そう、きっちり着ていた制服をほんの少しだけ着崩すように。

「そうです。悪いことしちゃいましょう、ね？」

それから囁き続けた結果、彼女はほわほわととろけた表情を浮かべながら、

「そ、そうでありますね……たまには悪いことも、いいであります……」

「よし」

私はこうして、合理的に彼女を黙らせることに成功したのです。

完全勝利。

ご満悦《まんえつ》な私でした。

そして迎えた翌日のこと。

「きみ、色々なところから不正にお金をとってたらしいね」

館長さんが兵士さんを引き連れて私の前に現れました。

「そんなばかな」

はー。急に何なんですか？

というか言わないでほしいと念押ししておいたじゃないですか。ちょっと？

咎《とが》めるようにレキさんに視線を送る私。

すると彼女はここぞとばかりに目を輝かせながら言いました。

「魔女殿のアドバイス通り、ちょっとだけ悪いことをしてみたであります！」

悪いこと。

私と交わした約束を破るという悪いことを。

どうやら彼女は行《おこな》っていたようです。

…………。

いやまあ悪いことをしろとは言いましたけど。

それ以前に。

何というか――。

私は彼女の肩に手を置きながら、言いました。

「あなたもうちょっと賢くなったほうがいいですよ……」

第五章

頂の国の大罪人

「……これは一体どういうことです？」

彼女はびっくり仰天《ぎょうてん》、声をあげました。

最近の話をしましょう。

旅人であり魔女でもある彼女は、近頃旅のための資金繰《ぐ》りに苦労していました。

とある国では手に入れたはずの賞金がコタローなる魔物に変わり。とある歴史資料館を救ったかと思えば兵士に囲《かこ》まれる始末《しまつ》。

何度となく彼女はそのようにしてお金儲《もう》けの機会を失ってきました。一体なぜ？　彼女が何をしたというのでしょう。

増やす機会が得られないまま旅を続けていけば、いずれ財布《さいふ》がお亡《な》くなりになるのは自明《じめい》の理《り》。

そして『頂《いただき》のマルドヨーベ』なる国に訪《おとず》れ、通行料を支払った直後にその時は来ました。

「……えっ！」

開かれたお財布に目を見開く魔女。

中身はちょうど宿一泊ぶん。もしくはその辺の露店《ろてん》で売ってるお菓子《かし》を三個でも買えばぴったりちょうど空っぽになるといったところ。簡潔明瞭《かんけつめいりょう》に言うなら資金難《しきんなん》。

「お金が……ない！」

そして魔女は見ればわかることをそのまま言葉にしながら愕然《がくぜん》としていました。

ところで話は変わりますが、斯様《かよう》にあまりのショックで頭の処理能力が著《いちじる》しく低下している哀《あわ》れな魔女は一体どなたでしょう？

そう、私です。

「――魔女さん、魔女さん。うちの名産品、おひとつどうかね？　今なら安くしとくよ」

「くっ……いつの間にこんなに使い込んだというのですか……！」

「あ、買うん？　何個？　三個？　毎度ありー」

「今すぐ資金調達をしないともぐもぐもぐ」

「食べながら喋《しゃべ》るもんじゃないよ」

露店のおばさまは呆《あき》れた様子《ようす》で私に指摘しました。ちなみに余談《よだん》ですがこの国の名産品は特殊なパイの生地《きじ》で生クリームを包んだ小さなお菓子。マルドヨーベ包みと呼ばれているそうで、外の生地はちょっと温かく、しかし中のクリームはひんやり冷たい。通常ではありえないようなことですが、曰《いわ》くこの国独自の魔法技術の向上により温かい生地の中に冷たいクリームを流し込むことに成功したのだとか。一体どんな原理なのかはさっぱりわかりませんが、どうやら国外では再現できないような特殊な技法を用いているようです。

実際食べてみればとても不思議な感覚で、温かいパイ生地に触れた生クリームが口の中でほどけてゆく感覚は面白《おもしろ》くもありました。『頂のマルドヨーベ』に訪れたタイミングで金欠《きんけつ》にでもなっていなければぜひとも食べてみたい一品ですね。あれ？　既《すで》に食べてる？

「……！　いつの間にか買ってる！　しかも三個も……！」

本日二度目の驚愕《きょうがく》でした。いつの間にか私の手の中にはマルドヨーベ包みが三つもあったのです。

しかもそのうちひとつは既にかじりかけ。一体なぜ？　いつの間に……？

私は目の前で起こった信じがたい事象《じしょう》にただただ慄《おのの》きました。

ひょっとして……記憶喪失……？

「いやあんた今普通に自分で買ってたじゃないの」

「うるさいです」

ともかくこうして私は入国直後にぴったり財布の中身を空っぽにしてしまったのでした。まさか反射的に国の名産品にうっかり手を付けるとは思ってもいなかったです。

ところで金欠になった人間がまずすべきことが何なのか、皆さんはご存じですか？

そう、資金繰りです。生きていくためにはお金が必要。自然の摂理《せつり》ですね。

ということで私は露店の前でため息をつくのでした。

「仕方《しかた》ないですね……たまには真《ま》っ当《とう》なやり方でお金を稼《かせ》いでみますか」

「真っ当じゃない金稼ぎって何だね」

「うるさいです」

何はともあれ私はこうして『頂のマルドヨーベ』の通りを歩くのでした。

平日のお昼時。ちょうど街《まち》が賑《にぎ》わう頃合いのことでした。

栄えている国というものは基本的に仕事が多くあるものです。人手が足りない場所は多岐《たき》にわたり、そして暇《ひま》を持て余す人もそこそこいるもので、このような国においては、従業員を募集する掲示板《けいじばん》がそこら中にあるものです。

『頂のマルドヨーベ』も例外ではなく、街をしばらく進んだところの広場にて、忙《いそが》しさに喘《あえ》ぎ助けを求める人々の声を、掲示板にて閲覧《えつらん》することができました。

綴《つづ》られる仕事の種類はよりどりみどり。

「ふむふむ」

私は二個目の名産品をつまみながら、掲示板を端《はし》から端まで順に眺《なが》めてみました。この国において数年に一度開かれているお祭りの直前ということもあり、お祭りにまつわる依頼が多くありました。

例えばお祭りの当日に行われる出し物の助手《じょしゅ》であったり。あるいは当日の従業員の募集であったり。

こういったお仕事の類《たぐ》いはお祭りが終わるまではお金をいただけない可能性があるので今回は見送ったほうがいいでしょう。

今の私は急を要していて、すぐさまお金がいただけるような仕事が最適です。

『すぐにお金がほしい人必見！　お引越《ひっこ》しの手伝い』

そう、例えばこのようなお引越しの募集などは特にいいものです。荷物の移動は魔法でちょちょいとこなすことができますし、新居に運び込むことさえできればすぐにでもお金がもらえますから。

「ふむ」

気づけば私の手が伸びていました。ご依頼主はこの国に住む女性、ヒルダさん。年齢不詳《ふしょう》。募集の期日は本日で、どうやらどうしても今日までにお引越しがしたいご様子。

しかも報酬として提示されている金額もかなりの高額。ひょっとしたらお金持ちなのでしょうか？

期待が高まりますね。

「やりますか」

本日は旅人としての私はお休み。

お引越し屋さんの魔女として活動することとしましょう。

というわけで私は三つ目の名産品をつまみつつ進みます。依頼主のご自宅として指定されている住所は広場のすぐ近く。すたすた歩いて温かい感触と冷たい感触をお口の中で味わっているうちに着くことができました。

そして直後にぽかんと口を開けました。

「は？」

指定された住所にあったのは見上げるほどに大きな門。厳重《げんじゅう》に警戒をなさっているようで、その前には兵士が立っており、辺りを睨《にら》んでおりました。

門の向こうには建物がひとつ立っています。大きな建物でした。ただただ四角く、何の飾《かざ》りもなければ、人が快適《かいてき》に住めそうな気配すら皆無《かいむ》。

豪邸《ごうてい》でしょうか？

いえいえ。

『頂のマルドヨーベ　収容所《しゅうようじょ》』

…………。

指定された住所には、ただそのように書かれた建物が、堂々《どうどう》と鎮座《ちんざ》していたのです。

○

まったく信じがたいものですね。

ひょっとしてどなたかのいたずらでしょうか？　門を前にして私は「むう……」としばし唸《うな》ることとなりました。

おそらく収容所前で立ち尽《つ》くす魔女など珍《めずら》しいのでしょう。ほどなくして門番をしていた兵士さんから「いかがなさいましたか」などと声をかけられました。ひょっとしたら不審人物《ふしんじんぶつ》だとみなされたのかもしれません。

私は釈明《しゃくめい》のために一から十まで事情を説明しました。少々怒《おこ》ってすらいました。いたずらにつられてしまっただけで怪《あや》しくもなんともありませんよ、などとも言った気がします。

ともかく私はそうして回れ右をするつもりだったのです。けれど私のお話を一通り聞いた兵士さんが語った言葉は次のようなものでした。

「なるほど。では中へどうぞ」

そしてさらに不思議なことに、私はそのまま収容所の中へと案内されてしまったのです。

まったく信じがたいものですよね。

戸惑《とまど》うままの私がそれから連れていかれたのは、収容所内の一室。

面会室でした。

「――知っていて？　こういう施設《しせつ》で働いている兵士の大半は薄給《はっきゅう》。裏で金を支払えばある程度のことはやってくれますのよ」

がちゃん、と背中の向こうで扉《とびら》が閉ざされた音を聞きながら、私は面会室の中を眺めてました。

無機質《むきしつ》で、四角い箱のような一室。ガラスで仕切られており、その向こうには白い囚人服《しゅうじんふく》に身を包んだ女性が一人。安っぽい椅子《いす》に腰《こし》掛《か》けていました。

髪《かみ》は橙色《だいだいいろ》。長さはそこそこ。

「例えば引越しの依頼を書いた紙を掲示板に貼り付けてくれたり、あるいは引き受けてくれた人間をここまで連れてきてくれたり、ね」

そしてぱちりとウインクしてみせる瞳《ひとみ》は金色。

目と目があった途端《とたん》に私の口から漏れたのはため息でした。

「そこから抜け出せるように頼むことはできなかったんですか」

「あいにくながら」

答えながら彼女は私に座るように促《うなが》します。「私の名前はヒルダ。あなたの依頼主ですの」

「そのようで」

「そしてあなたはさしずめ旅の魔女といったところ？」

首をかしげるヒルダさん。

おやおやわかるんですか？　私は少々驚きながら席に着き、それから自らの身分を明かしました。

灰の魔女イレイナ。旅人。それが私を表《あらわ》すうえでの最低限の要素です。

「よくひと目でわかりましたね」

ひとえに感心する私。

彼女は笑みを返します。

「わかりますとも。だって、うちの国の人間だったらまずここには来ないから」

「……ああ」

この国の人間であれば収容所の文字を見た瞬間に回れ右をすることでしょう。門までノコノコと近づき、怪訝《けげん》な表情を浮かべて門番に声をかけられるような羽目《はめ》になるのはよそ者くらいなもの。

少し考えればわかることでしたね。

「で、依頼って何ですか？　一応言っておきますけど、脱獄《だつごく》のお手伝いとかは無理ですよ」

余談はひとまず置いておいて、私は早速《さっそく》とばかりに本題に入りました。

兵士に裏で金を渡した、と語っていた言葉が事実ならば彼女は獄中《ごくちゅう》にいながらある程度のお金に自由が利《き》く人物ということになりましょう。ただの罪人であれば聞く耳を持つ必要もないように思えますが、こと今回に限っては少しは耳を傾けても罰《ばち》は当たらないでしょう。

しかし私の手にある依頼書に書かれてあることをそのまま読むのであれば彼女はお引越しを所望《しょもう》しているようですけれど。

どういう意味でしょう？

「心配しなくても、ここから出してくれなんて頼むつもりはございません。そもそも私、明日には刑期《けいき》を終える予定ですもの」

おやまあ。

「そうなんですか？」

「ええ――ですから、貴女《あなた》には出所《しゅっしょ》したあとの引越し作業を手伝っていただきたいの」

だから期日を今日までにしていたのでしょうか。

曰く彼女は出所後、今の家から別の場所に移って――なるべく『頂のマルドヨーベ』郊外《こうがい》に住まいを移し、静かに過ごしたいのだとか。

前科ある人間であれば引越し作業をしている最中に恨《うら》みを持った人間から付け狙《ねら》われることもあるかもしれません。そういった事態を避《さ》けるためにも、なるべく今日中に新居に荷物を運び込んでおきたいのだと彼女は説明しました。

「なるほど」

事情はよくわかりました。困《こま》っているならば力になるのもやぶさかではありません。けれど興味《きょうみ》本位《ほんい》で口が勝手に尋《たず》ねていました。

「ちなみに、どんな罪を犯したんですか？」

逆恨みを恐れるということは、それだけのことをしたということに他ならないと思うのですけれども。

「…………」

彼女は遥《はる》か昔を懐《なつ》かしむように軽く笑みを浮かべながら私から視線を逸《そ》らし、それから口を開きます。「言ったら引き受けてくれますの？」

いいえ、言ったらというか。

「前金《まえきん》を払ってくれたらやりますけど」

収容期間を終えて罪を清算したのであれば私からとやかく言うこともないでしょう。見た目から察するにヒルダさんの年齢は高くても二十代後半といったところ。さほど重い罪のようにも思えなかったという理由もあります。

だから彼女がパンと手をたたき、兵士に前金《まえきん》としての金貨を持って来させた後、私は驚いたのです。

「人を殺しましたの」

彼女はあっさりとそのように語ったのですから。

○

前金をもらったならばやるほかないでしょう。

渋々《しぶしぶ》、あくまで渋々といった様子で、私は収容所をあとにしました。手にはすっかり重さを取り戻したお財布さんと、ついでとばかりに兵士さんから手渡された地図ひとつ。

印《しるし》が一つ、書いてありました。

「――その地図に書かれている場所に行ってくださいまし」

面会室での出来事を私は反芻《はんすう》します。やけに古びたボロボロの地図が破けないように慎重《しんちょう》に開いてみせた私に、彼女はしたり顔で語っておいででした。

「可愛《かわい》い印が書いてある場所が私の家ですの」

はあはあそうですか。私は手元の地図を眺めます。

性別不詳のよくわからない濃緑《こみどり》髪の人。地図の端っこのほうにあるのはそんな不思議な顔をした絵でした。

けれど。

「これのどこが可愛い絵なんですか?」

「ひょっとしてあなたセンス皆無さんですの?」

「………」

絵のセンス皆無はどっちですかと言いたくなる思いを堪《こら》えて、私はそれから収容所をあとにしたのでした。

仕事を引き受けたならばやるべきことは一つ――彼女がどのような罪を犯したにせよ、罪を償《つぐな》ったうえで収容所を出るのであれば口を挟むべきではないでしょう。

だから私は、へんてこな顔の絵が指し示す家までひとまず進むことにしました。

「むむ？」

が、うまくいきませんでした。

地図の通り進んでみれば途中で行き止まり。

地図が古いせいで街の構造が少々変わっておられるようです。おまけにお祭りの直前ということもあり、私の行く先々、地図が示す先のほとんどが何らかの理由で通れなくなっておりました。

「わあ壁《かべ》」

例えば行き止まりに阻まれたり。

「え？　露店を組み立てるから通れない？」

たとえばお祭りの準備で忙しい人々に阻まれたり。私はそのたびに仕方なしに遠回り。うらめしそうに古びた地図を睨みながら別の道を探しました。

忙《せわ》しなく道を変え続けました。

だから目的地であるヒルダさんの家に着くまで、そこそこ時間を要しました。

「………………」

そして到着した直後。

ひとつ大きな違和感を抱えながら、私はすぐさま収容所の面会室へと戻りました。

「——ひとついいですか、ヒルダさん」

国が違えば罪の重さも異なるもの。

たとえば殺人であっても国によっては問答無用《もんどうむよう》で死罪が適用される場合もあれば、牢屋《ろうや》に十数年程度入るだけで済《す》む場合もあります。

常識とは国によって異なるのです。

だからあえて聞かずにおいたのですけれども。

「あなたの刑期って何年だったんですか」

こと今回に限っては、尋ねずにはいられませんでした。

同時に反省《はんせい》しました。古びた地図を渡された時点で、私は考慮《こうりょ》すべきだったのかもしれません。

彼女がいつから収容所にいるのかを。

ガラスの向こう側にいるヒルダさんは——見た目年齢およそ二十代後半の彼女は、長い長い記憶を辿《たど》るように目を細めながら、答えました。

「百十五年」

それはとても納得できる答えでした。

けれど同時に私は少々困った事態に首を突《つ》っ込《こ》んでしまったことを自覚しました。

へんてこな顔の絵が指し示す先。

彼女の家とされていた場所は、とうの昔にただの道へと姿を変えていたのですから。

○

曰くこの国において死罪は存在せず、終身刑《しゅうしんけい》も施行《しこう》はされていないのだとか。ゆえに死刑や終身刑に相当するような重い罪を犯した者には、寿命《じゅみょう》を超えるくらいの刑期が与えられます。それが実質的な死刑に相当するのだそうです。

彼女もその刑を言い渡されたうちの一人――だったはずなのですけれども。

「まさか私が百十五年経《た》っても死なないとは思ってもいなかったことでしょうね」

『頂のマルドヨーベ』

、収容所前。

私と出会った翌日、彼女は予定通りに懲役《ちょうえき》を終え、塀《へい》の中から出てきました。

百十五年ぶりの門の外、自由の世界。彼女は軽く伸《の》びをしながら爽《さわ》やかな表情を浮かべていました。

「久方《ひさかた》ぶりの外の世界はどうですか」

「まるで別の国に見えますの」

こちらを振り返りながら彼女はのたまいます。そも百年超えるほど目にしていないのですから街のいたるところがありとあらゆる変貌《へんぼう》を成しているのは当然のこと。

今の彼女にとって『頂のマルドヨーベ』は生まれ故郷《こきょう》と似ているようで異なる異国の地と言っても差し支えないかもしれません。

とはいえ。

「異国の地を旅するには少々軽装《けいそう》が過ぎますね」

私は彼女の格好《かっこう》を見ながら言いました。

手にはバッグが一つだけ。身に纏《まと》う服は昨日《きのう》と同じ白の囚人服。その上から袖《そで》を通してるのはシンプルなコートだけ。

「そのコートは捕まる際に着てたものですか？」

たしか大抵の場合、塀の中に入れられた者はその時に着ていたものを押収されるそうではないですか。返却されたコートでしょうか？　しかし百十五年経っている割には随分《ずいぶん》と綺麗《きれい》なようですけれども。

「まさか。これはプレゼントですの」

「それこそまさかですけど」

「私ほどの者になると看守《かんしゅ》たちとお友達になれますのよ」

曰くコートは看守たちから餞別《せんべつ》として渡されたものだそうです。彼女の収容所内での素行《そこう》のよさが窺《うかが》えますね。

疑《うたが》っていたわけではありませんが、どうやら長い年月捕まっていたことは事実なのでしょう。胸元には昨日はなかった私物が提《さ》げられています。

それは星をかたどったブローチ。

コートと異なり長い年月を経て色褪《いろあ》せた、魔女の証《あか》しでした。

というか。

「あなた魔女だったんですか」

「あら。気づいていませんでしたのね」

「魔法使いなら捕まる時は指まで拘束《こうそく》されるというのが昨今《さっこん》の国々では常識ですから」

「昨日も言いましたけれど、牢屋の中では常識は違いますのよ。素行がよい人間がお金を払えば多少のわがままには目を瞑《つむ》ってくれますの」

「はあ」

「一度聞いたことをすぐに覚えられないだなんて。近頃の若い子は物覚えが悪いのかしら？」

おほほ、とわざとらしい笑い声をあげるヒルダさん。

収容所内では低賃金で単純作業をさせられる習慣があるそうで、百十五年ほどお金を稼いでいたおかげで彼女の懐《ふところ》事情《じじょう》はかなり余裕たっぷりな状態になっているそうです。私に報酬を簡単に払うことができたのも、収容所内でそこそこ自由に行動できていたのもそのためだそうです。

なるほどなるほど。

「でもせっかく仲良しならそのお金で服を買っておいてもらえばよかったのでは？」

「……！」

私の指摘に目を丸く見開くヒルダさん。

気づいていなかったんですね。

うっかりさんなんですね。

「年寄りは物覚えが悪くなりますのよ……」

よくわからない言い訳を放つヒルダさん。まあ囚人服のまま出てきたことに関してはわりとどうでもいいのですけれども、

「その見た目でお年寄りを自称《じしょう》するのは無理がありますよ」

外見的にはまだ二十代くらいじゃないですか。「そもそもあなた実年齢いくつなんですか」

「ま！　レディに年を尋ねるだなんて！」

「年寄り自称してたくせに……」

しかし目の前にいる彼女はまるで塀の中に入れられたその時から時が止まったかのように若々《わかわか》しいままの女性。

普通の人間でないことだけは明白でしょう。

一体何があって今の彼女となったのでしょう？

お年のせいで忘れていなければぜひとも伺《うかが》いたいものですけれども。

首をかしげる私。

彼女の視線はやがて私に留まりました。

そして笑います。

「少し歩きながら話しましょうか」

柔らかいその笑みはまるで孫娘《まごむすめ》に向けるような優しさに満ちているようにも見えました。

百十五年ぶりの国の景色は懐かしくもない別世界。

お祭りの準備中ということもあり、レンガ造りの街並みのいたるところが飾り付けに覆《おお》われて、目に映るものすべてがどことなく騒《さわ》がしさを込めているように見えました。

「これって何のお祭りなのですか？」

他人事《ひとごと》のように尋ねるヒルダさん。私もよくわからなかったので、彼女を連れて街の大通りへと出てみました。

旅の常識その一。

人通りが多い場所に出れば大概《たいがい》のことはわかるのです。

「わあ」

目に映る情報の数々が、この街をいま彩《いろど》っている物事の背景《はいけい》を見せてくれました。

大通りの中心部、学生服を身に纏った魔法使いたちが杖《つえ》を振るいながら大きな竜《りゅう》をかたどった模型《もけい》を組み立てておりました。

大きさはおおよそ街の建物と同程度。見上げるほどに巨大で、今にも火を吹きそうなほどに凶悪《きょうあく》なお顔をしておりました。

何だかよくわかりませんがすごいものを作り上げていることだけはよくわかりました。

「…………」

そんなおぞましい顔の竜を遠巻きに見つめながらも立ち尽くすヒルダさん。

見惚《みと》れているのでしょうか？　あるいは久々《ひさびさ》のお外で感極《かんきわ》まっているのやもしれません。ともかく私は、彼女に対してその場で待っているようお願いしたのち、かの竜の足元へと小走りで向かいました。

で。

「これって何です？」

旅の常識その二。

よくわからないものがあったらそのへんの人に聞くべし。

私は模型を組み立てている学生の一人に尋ねました。

身に纏うのはローブ。恐《おそ》らくは魔法学校に通う生徒でしょう。

「え？　ああ、これですか？」仕事の最中であったにもかかわらず――というよりは恐らくそういった類いの質問は多いのかもしれませんが、作業中だった学生さんは、汗を拭《ぬぐ》いながら華《はな》やかに笑いました。

「これは夜光祭《やこうさい》の出し物です」

「夜光祭？」

って何です？　と首をかしげる私。学生さんはこの辺りで私を「ああ、観光客か」と思ったようで、より詳細《しょうさい》に一から順を追って教えてくれました。

「夜光祭というのは――」

空を指差しながらこの祭りが何たるかを簡潔に教えてくれる学生さん。夜光祭とはこの国で四年に一度開催されている恒例行事《こうれいぎょうじ》なのだとか。

「そしてこれは、この国に大昔いた『悪しき者』です」

ぽん、と竜の模型を軽く叩《たた》きながら語る学生さん。お祭りの日の夜、空に模型などを打ち上げるのがこの国の夜光祭における恒例行事なのだとか。

お祭りの日に打ち上げられるのは『悪しき者』とやらだけに限らず、たとえば流行《はや》り病であったり、自然災害、嫌《きら》いな食べ物から嫌いな政治家にいたるまで多岐にわたります。

打ち上げるために必要な資格などは特になく、個人、団体問わず、お祭り当日にこの国にいる人であれば誰でも物を打ち上げてよいのだとか。

そして空の上に昇った大小さまざまの悪いものは、魔法によって破壊されます。

これは不幸な出来事、あるいは悪い物事との関係を断ち切るためのこの国独自の行事なのだそうです。

「大昔からやってることなんですよ」

曰く学生さんは大昔に国を襲《おそ》った『悪しき者』をかたどった模型を仲間同士で共同制作している最中なのだそう。国のイベントを仲間同士で楽しみたいという気持ちがあるのでしょう。

私との会話が終わったあと、彼女は同級生と共に楽しそうに笑い合いながら、竜の形を整えていました。

それはとても眩《まぶ》しい青春のひとときにも見えました。

「私が若い頃はこんな祭りを開いたことなど一度もありませんでしたのよ」

そんな様子を眺めながら語るヒルダさん。「きっと私が捕まっていた頃にできたものなのでしょうね」

生まれ故郷、『頂のマルドヨーベ』は人がただ住んでいるだけの街で、何の特徴もなければ特産物もない。強《し》いて言えば魔法使いが国のためにそこそこ真面目《まじめ》に働いている程度の、普通の国だったそうです。

「そうなんですか」

「ええ」

軽く頷くヒルダさん。

彼女の視線の先、少年少女のそばには竜の模型の他にも人をかたどった模型がひとつ、置いてありました。

橙色の、いかにも悪そうな顔をした一人の魔女。

それは奇《く》しくもヒルダさんと同じ髪色の女性をかたどったものでした。

「…………」

私はまだ、ヒルダさんについて多くのことを知りません。

だから彼女に尋ねるのです。

「どんな家に住みたいんですか？」

旅の常識その三。

国の常識に惑《まど》わされるべからず。

視点が変われば常識もまた変わります。国の中で罪人とされていても、私から見ればごく普通のことをやっているだけの可能性だってあるのです。

だから私は、ひとまず彼女の願いである引越し先の希望を尋ねていました。

答える彼女の視線は遥か先。

「空がよく見える場所がいいですの」

悪いものなど何一つとしてない、澄《す》み渡った空を眺めながら、彼女はそのように答えていました。

○

物件探しは彼女の昔話とともに。

私たちはそれから二人並んでこの国のいたるところを歩きながら、空き家探しをひたすら繰り返すこととなりました。

大昔にこの国に住んでいた人だからか、たとえ別の国のようになり変わっていても、懐かしさを覚える部分が——記憶が刺激《しげき》される部分があるのかもしれません。

彼女はとある道を歩きながら語ってくれました。

「昔はこの道をよく通っていましたの」

それからとあるお店の前に立ち止まって言いました。

「昔はこのお店に私と友人の二人でよく通っていましたの。お店に新しいメニューを提案したこともあるくらいですのよ」

しかしそこは既に閉店しておりました。

それからとある豪邸の前を通りかかった際には懐かしそうに目を細めていました。

「昔、この家の子にプロポーズされましたの。けれど当時の私は恋愛に興味はありませんでしたから、お断りしましたのよ」

窓の向こうにはヒルダさんとは無関係な幸せに包まれた家族の姿がありました。

それからほどなくして花屋の前を通りかかりました。

「若い頃は友人と二人で特別な花の保護活動に精《せい》を出したものですの。美しく咲いて、加工すれば魔力を得られる素晴《すば》らしい花でした」

しかし既にその花は絶滅《ぜつめつ》してしまったようです。

やがてヒルダさんの足は国の中央へと向かいます。

「私が若かった頃――当時は裏でよからぬことをしていた政治家と対立したものです。友人と二人で彼の不正を暴《あば》いて失脚《しっきゃく》させたこともありましたの」

広場にはそんな彼の銅像が建てられていました。時間が経てば人は変わるもの。災害で壊滅状態になった国を立て直した功労者《こうろうしゃ》として讃《たた》えられているそうです。

少しずつ、記憶の底に沈んでいた過去の数々を拾い集めていきながら、彼女は思い出を語ってくれました。

それではここで彼女が罪人となるまでの道のりを――今のような彼女になってしまった経緯《けいい》を、共に辿りましょう。

「私がまだ若かったころは――」

曰く、こんなことがあったそうです。


「あたしとお前が組めば向かうところ敵なしだな」

『頂のマルドヨーベ』市街。

ヒルダさんの隣で、いつものようにおいしいお菓子をつまみながら得意《とくい》げな表情を浮かべているのは濃緑色の髪の魔法使い。

名はライカさん――かつてヒルダさんとよく行動を共にしていたご友人。

学生時代にたまたま寮《りょう》で同室になって以来、社会に羽ばたいてからもなんとなくルームシェアを続けている悪友《あくゆう》です。

「私たちが組めば、ではなく、私があなたのサポートをして差し上げればの勘違《かんちが》いではなくって？」

呆れながら指摘するヒルダさん。

曰くライカさんといえば、いつも得意げな顔をしていて、やることなすこと何からなにまで無茶《むちゃ》ばかり。けれど反省することなくやはりなぜか得意げな表情を浮かべ続けている。大体そのような無茶苦茶《むちゃくちゃ》な女性だったそうです。

「何怒ってんの？　栄養不足か？」

お菓子食えよ、と頬《ほお》にお菓子を突き刺してくるライカさん。

ヒルダさんは普通に彼女のお尻《しり》を蹴《け》りました。

「いてえ！」

今になって振り返ってみても、ライカさんには迷惑《めいわく》をかけられてばかりの日々だったそうです。

たとえばとある家から猫《ねこ》が逃げ出した時。

ライカさんが猫を捕まえるためにまず最初にやったことは街の路上の封鎖《ふうさ》でした。猫が人や馬車によって怪我《けが》を負わされないようにしたのです。猫は無事捕まりましたがヒルダさんは方々《ほうぼう》に頭を下げて回る羽目になりました。

たとえば街で犯罪者が逃げ回れば、道ゆく人に構わずライカさんはありとあらゆる魔法を放ちました。何が幾《いく》ら壊れたところでお構いなし。後始末《あとしまつ》は基本的にいつでもヒルダさんのお仕事でした。

たとえばある日突然街の郊外《こうがい》に家を買ったかと思えば、畑でよくわからない花を植え始めました。最近見つかった新種の花だそうです。

ルームシェアをしていた二人は財布もある程度共有していました。突然ゼロになった貯金額に頭を抱えたのはヒルダさん一人でした。

後先考えず、無計画。

「どうしてそう無茶なことばかりするんですの。ライカ」

ある日、耐えかねたヒルダさんはライカさんの頭をこつんと叩きながら叱《しか》りました。

ライカさんの手には見たこともない本が握られておりました。中に綴られているのは見たこともない文字。見たこともない植物や動物の数々。意味不明なその本は、『頂のマルドヨーベ』に住んでいる魔法使いが、異界《いかい》に迷い込んだ際に描いてきたものなのだそうな。

よくわかりませんが歴史的価値があるそうです。『頂のマルドヨーベ』は異界に関する研究を裏で進めているのだと語りました。陰謀《いんぼう》だとも付け足しました。様子がおかしい方によるただの落書きにしか見えませんが、ともかくその本を人々に見せる必要があると持ち主は語っておられたそうです。

そして重ねて意味不明なことにその本の解読依頼を勝手に請《う》け負《お》ってきたそうです。

「こんなの解読できるわけないではありませんの」

まったくもう、と怒るヒルダさん。また無計画ですか？

「ふふふ、無計画に見えるっしょ？」

「何か策《さく》でもあるんですの」

尋ねました。

するとライカさんはくすりと笑みを浮かべたのちに、言いました。

「なんとかして、ヒルダ」

「…………」

蹴りました。

「いてえ！」

結局、どう考えても解読できなかったので、歴史資料として国の図書館に寄贈《きぞう》するよう持ちかけることで事態を収めました。

「いやあ、ありがとうございます！　これでこの国の真実が人々の目に触れる……」

持ち主はうへへへと喜んでいたそうです。

「ほら！　やっぱりヒルダがなんとかしてくれるじゃん」

ライカさんもなぜかうへへへと喜んでいました。

ともかく事態は一件落着。

「もう無茶な依頼は引き受けないでくださいですの」

でないと蹴りますよ、とヒルダさん。

ライカさんは「ごめんごめん」と特に悪びれる様子もなく語りました。

「実はまた他の依頼受けてきちゃった」

「…………」

やっぱりまた蹴りました。

「いてえ！」

それが彼女たちの日常だったのです。


うんざりするほどに無茶ばかり。

しかし不思議なことに二人の縁が切れることはありませんでした。ライカさんが重ねてきた行動の数々はヒルダさんから見れば後先考えないものばかりではありましたが、しかし、着実に功績《こうせき》を残すこともできていたのです。

たとえば猫を救えば飼い主に感謝されました。当然のことです。

たとえば犯罪者を捕まえたことで表彰《ひょうしょう》もされました。いいことです。

たとえば絶滅危惧種《ぜつめつきぐしゅ》の花を保護したことで国中の人々から賞賛《しょうさん》されました。おまけに加工すれば魔力を得られる優れた効果を持っていることも判明しました。意外なことです。

「我が国の研究を手伝ってみないか」

やがて二人はある日、役人から呼び出され、国直属として働くよう打診《だしん》されました。

びっくり仰天です。

「まじ？　やったな、ヒルダ！」

喜ぶライカさん。これで草ばっかり食うような生活とはお別れだ！　と彼女は子供のようにはしゃぎました。

「……そうね」

その日ばかりはライカさんの言葉を否定《ひてい》することはありませんでした。

それは二十三歳の春のこと。

二人の大きな転機。

あるいは、運命の分かれ道ともいえました。

詳しく話を聞けばどうやら『頂のマルドヨーベ』は近年、異界についての研究を進めているようでした。

異界。

聞き覚えのある単語に二人が顔を見合わせれば、国の役人は然《しか》りと頷きます。

「以前、君たちは図書館に本を寄贈したことがあったな？　あの本に書かれてることは妄言《もうげん》ではなく、事実だ」

驚くほどあっさりと語る国の役人さんでした。

『頂のマルドヨーベ』が異界と呼ばれる場所と通じていることが判明したのは、その当時から約十年ほど前のことだったといいます。

それ以前から時折、国の中で見たこともない生き物や植物が見つかることがあったそうです。

街の住民から報告が上がるたびに現場に赴《おもむ》いては、役人たちは捕獲、ないし保護をしました。

生き物はいずれも手に収まる程度。どこからか湧《わ》いて出てきたのだろうと国の役人たちは結論づけました。

しかしどこから？　疑問を抱くのは当然のことで、やがて新種の生き物や植物が頻出《ひんしゅつ》する地点を突き止めるために調査隊を結成しました。

調べた結果判明したのは、国の地下から霧《きり》のように白くぼんやりとした魔力が噴《ふ》き出ていること。

「この国の地下には異界につながる小さな穴が開いているらしい。霧はそこから漏れ出たもの。そして新種の生き物や植物もまた、そこから流れてきたものだとわかった」

信じがたい事実。

しかし紛《まぎ》れもなく事実。

後日、ヒルダさんとライカさんは国の地下へと連れていかれました。

国の調査隊により整備された地下道の奥にある開けた空間。白い霧が漏れ出る小さな穴は、たしかに存在していました。大きさはおおよそ指で作った輪っか程度。穴の向こうには霧が立ち込める世界が広がっていました。

「なにこれ……」

穴を覗《のぞ》き込みながら、ライカさんは呟《つぶや》きます。

異質《いしつ》でした。

向こうに見える景色より、何より穴そのものが異質でした。

異界へと通じる穴は、地下道の奥にある開けた空間——その中心に浮かんでいたのです。まるで空間そのものに穴を開けたかのように、ぽっかりと。

「いつからこの穴が存在するのかも、この穴の向こうの世界がどんなものなのかも未だ調査中だ。下手《へた》に刺激を加えれば穴の向こうから化け物がこちらにやってくるかもしれんからな」

役人さんは説明しました。

住民の生活を守るためにも、混乱を避けるためにも穴の存在は秘匿《ひとく》。

しかし穴からこぼれる異変はまさしく霧のように国中のいたるところに影響を及《およ》ぼしているといいます。

国のいたるところで発見されている新種の生き物や、植物。近頃においてはどういうわけか異界に迷い込んだと語る者まで現れる始末。

異界への穴を隅々《すみずみ》まで調べ、封じ込めることは国にとっての急務《きゅうむ》。

そして国で活躍しているよくわからない魔法使い二人組にも頼み込むこととなったのです。新種の花を研究していたり、異界にまつわる書物にも関わっていたからちょうどよかったのかもしれません。

「頼めるか。ヒルダくん、ライカくん」

尋ねる役人さん。

「…………」

沈黙《ちんもく》を返すのは、ヒルダさん。

明らかに責任が重すぎる。失敗すれば何があるかもわからない。引き受けるかどうか彼女は迷《まよ》いました。そして迷った挙句《あげく》に彼女は思い出すのです。

大事なことをいつも決めてきたのは、彼女ではないことを。

「事情はよーくわかりました」いつの間にかライカさんは隣で堂々と胸を張っていました。「なら、私たちでこの穴の正体を突き止めてやろうじゃないっすか」

謎の自信に満ちた表情を浮かべる彼女。

「また無計画なことを……」ため息つきながらライカさんを見やるヒルダさん。

何か策《さく》でもありますの？

「ふっ……」

目と目が合えばライカさんは得意げな顔を見せてきました。

それはまさしく「大丈夫《だいじょうぶ》。今回ばかりはちゃんとした策があるから！」と語っているようにも見えました。

なるほど。

「私に頼んでなんとかしてもらうという策はダメですわよ」

一応釘《くぎ》を刺しとくヒルダさん。

「…………」

気まずそうな沈黙が返ってきました。

どころかライカさんはお尻をさっと両手で押さえてすらいました。

「…………」

というわけで蹴りました。

「両手ごとかよ！」

やだー！　と叫《さけ》ぶライカさんでした。


国から依頼されたお仕事。

人々を守るための役割。

栄誉《えいよ》ある仕事を与えられた二人はそれから身を粉《こ》にして働きました。異界に通じる穴の調査に加わったおかげで万年貧乏《まんねんびんぼう》だった日々からも抜け出すことができました。毎月手渡されるお給料はこれまでの日々で手にすることなどありえなかった大金。

「買い放題じゃん！」

初めての給料で二人はいつものお菓子屋さんでいつものお菓子を買いました。今までは二人にとって贅沢品《ぜいたくひん》。

しかし今となってはいくらでも買える安物。するとなんだか途端に味が落ちたような気がしました。

「……もうお腹《なか》いっぱいですの」

たくさん買ったのに、結局二人が食べたのは数個だけ。

穴の調査のお仕事は想像以上のハードワークでした。

彼女たちに限らず、国から直接声をかけられた優秀な魔法使いたちが毎日のように異界への穴を睨んで、小さくする方法を模索《もさく》する毎日。

成果を出さねばいずれ国が大きな損害《そんがい》を被《こうむ》る。だから彼らは誰もが心のうちに焦《あせ》りを抱いていました。

そして周りの仲間が全員焦っているから、自然と彼女たちも焦らされました。

仕事をして、仕事をして、とにかく毎日仕事しました。

「穴の向こうで生き物が動く気配がありませんの。本当に霧の中に植物や生き物がいますの？」

「どうなんだろね。やっぱり直接調査のために中に入ったほうがいいと思うけど」

「ダメですの。直に行けばどんな反応が起こるかまったくわかりませんもの」

二人が住む家で交わされる言葉も、自然と仕事にまつわることばかりになりました。家でも仕事の話。職場でも変わらず仕事の話。

そのうちお金が貯まった二人は郊外から街の中心部まで引越しました。通勤《つうきん》のための時間がもったいなかったからです。

引越し先のご自宅には仕事道具を多数持ち込み、異界に通じる穴の調査のためにあらゆる物を作りました。

「こういうのはどうですの？」

ある時にヒルダさんが作ったのは蝶《ちょう》の模型でした。魔力を与えることで飛ばすことができ、これを使えば異界の調査を進めることができると踏《ふ》んだのです。

「やるじゃん！」

早速とばかりに二人は異界の穴の調査で使いました。

杖で操り、蝶を飛ばしました。

「ダメじゃん……」

ダメでした。

なぜか蝶は異界の穴を通ったとたんに動きを止めて壊れてしまったのです。仕方なく二人は道具を使って引っ張り出しました。

蝶の模型は穴を往復《おうふく》しただけでずたずたになっておりました。強度《きょうど》が足りなかったのでしょうか。

それとも別の要因《よういん》でしょうか。

試しに別の模型でも試してみました。

穴を通すたびに結果は変わりました。

たとえば蝶の模型が溶けてしまったり。あるいは巨大化したり。あるいはそもそも別の物へと変質したり――穴の向こうに満ちている霧がそうさせているのか、どうやら穴を通ると無事では済まないようです。

何かで守らねば危害を加えられてしまいます。

「じゃあこういうのはどうですの？」

今度は蝶の周りを魔力で覆うことにしました。

魔力で薄《うす》い膜《まく》を張ったのちに再び杖で蝶を飛ばしてみせました。

「今度こそいけそうじゃん！」

確信に満ちた目をするライカさん。

しかし蝶は穴を通った直後にやはり固まってしまうのです。

「またダメじゃん……」

落胆《らくたん》するライカさん。しかし前進したこともありました。薄い膜を張ったところ、蝶は無傷《むきず》で生還《せいかん》したのです。

二人の研究はそれからも続きました。試行錯誤《しこうさくご》の繰り返し。

ひょっとしたら魔力が足りないのかも？　と思い至れば魔力を自在に生み出す液体を生成してみせました。以前、新種の花から魔力を取り出した経験が生きたようです。

ひょっとして杖で蝶を操るからうまくいかないのかも？　と思い至れば、蝶を杖なしで遠隔操作《えんかくそうさ》できるように改良を施《ほどこ》してみせました。

ありとあらゆる改良の末、結果的に蝶は持ち主と魔力の線でつなげることになりました。意思ひとつで操ることができるようになりました。

しかし結果は出ませんでした。

何度やっても、どんな手を使っても、穴の向こうについた途端に、模型は動きを止めてしまうのです。

「…………」

失敗続きなのはヒルダさんとライカさんの二人だけではありません。国から選抜されたあらゆる魔法使いたちが調べては頭を抱える日々を送っています。

しかしだからといって焦らない理由にはなり得ないものです。

「どうしてうまくいきませんの……！」

想像とは程遠い現実の有様《ありさま》に、ヒルダさんは机を叩きました。ライカさんが作ってくれた液体が、小瓶《こびん》の中でゆらゆら揺れます。

「ま、まあまあ……そのうちうまくいくようになるって、ね！」

苛立《いらだ》つヒルダさんに対してライカさんは楽観的なままでした。

昔のままでした。

「…………」

そんな彼女の様子に、ヒルダさんは苛立っていました。

「まるで人ごとのようなことを言いますのね」

誰のせいでこんな苦労を強いられていると思っていますの？　いつも私に頼ってばかりであなたは何もしませんのね。今回も私が何とかしてくれると思っているのでしょう？

結局あなたはそうやって私に頼ってばかりで何もしないのでしょう？

いいご身分ですのね。

本当に自分勝手。

うんざりですの。

目障《めざわ》りです――。

覚えている限りではこの程度。

彼女はひどい言葉を、ライカさんに浴びせてしまったそうです。

初めてでした。人に対して怒りをぶつけるのは。

「……ごめん」

そして初めてでした。

ライカさんが悲しそうに目を伏《ふ》せているところを見るのは。

「あ……」

言い過ぎてしまった。

ひどい言葉を吐いてしまった。体に溜まりきっていた毒を吐き出したあとになって、ヒルダさんは自らの失態《しったい》に気づきました。

けれど手遅れでした。

既に声をかけようとした頃にはライカさんは荷物と研究資材の一部をまとめているところでしたから。

「ごめんね。ちょっとヒルダに頼り過ぎてたかも」

これからは自分でやってみる。

無理に明るい表情を浮かべながら、ライカさんはカバン一つを手にしていました。

荷物はごくわずか。まるでちょっとお出かけに出る程度。

けれど、ヒルダさんには確信がありました。

きっとこのまま彼女が家を出たら、二度と戻ってこないことに。

「ち、違《ちが》いますの……」

何と弁解すればいいのでしょう。

ただ狼狽《うろた》えながら、ヒルダさんはライカさんに手を伸ばします。

「待っ――」

がちゃん。

言葉を遮《さえぎ》るように、扉は閉ざされます。

二人の長きにわたる同棲《どうせい》生活は、こうして幕を下ろしました。

「――だから、本音を言うと、ここにあった家にはあまりいい思い出はありませんの」

路上で立ち止まるヒルダさん。

昨日も私一人で訪れたそこは、かつてヒルダさん――あるいは二人が住んでいたお宅があった場所。

今やなんの情緒《じょうちょ》もないただの道になり変わっています。百年以上過ぎれば懐かしさなど皆無だとは思いますが、それでも何か感じる部分があるのでしょうか、ヒルダさんはそこから空を見上げながらただ寂《さび》しそうに佇《たたず》むばかり。

「ここからでは綺麗なお空は見られそうにないですね」

お引越し先の条件はたしか空がよく見える場所、でしたよね？　と横から尋ねる私。

街の中心部から見上げれば私たちを囲うように並ぶ建物の数々が見えるばかり。彼女の理想とは合致《がっち》しないでしょう。

「ええ。引越すなら郊外がいいですの」

「そのようで」

私は頷きながら歩きます。

すぐ隣に並んでくれる彼女の手には、カバンが一つだけ。

おそらくは大事な荷物だけ――捕まった時に持っていた荷物を詰め込んだだけ。

「そのくらいの荷物で大丈夫そうですか？　新生活の一人暮らし」

彼女は苦笑しました。

「残念ながら大丈夫なんですの」

○

郊外のほうでヒルダさんの新居探しを手伝って差し上げました。

彼女が求めている要件を満たすような家を見つけるためには中心部から離れる必要がありました。

道を挟む建物が徐々に減り、代わりに増えていったのは田畑の数々。

程なくした頃に辿り着いたのは街の郊外。

「ここ……には誰も住んでないみたいですね」

見渡す限りが田畑でした。

『頂のマルドヨーベ』において農業は既に人の手で触れるものではなくなっているようで、田畑の間をうろうろと彷徨《さまよ》っているのは四足歩行の魔法人形。優れた魔法技術の産物でした。

基本的に既にここに人は住んでいないようです。

たまに人を見かけたかと思えば運搬のために荷物を運んでいる魔法使いくらい。郊外とはただ粛々《しゅくしゅく》と仕事をするための場所になっているようです。

お祭りの準備で賑わう中心街とは対照的。

そしてそんな景色を、隣のヒルダさんはなぜだかとても悲しそうに見つめていました。

「……この辺りも変わってしまいましたのね」

変わったと思うのは少なくとも以前を知っているからでしょう。

「ご存じなんですか」

尋ねる私に彼女は当然の如く頷きました。

「初めてライカと共に買った家がこの辺りでしたの」

「ああ……」

そういえば最初に買ったのが畑のある家、だと言っていましたね。

私はここから見える中心街のほうに視線を向けます。背の高い建物の数々が数少ない土地を奪い合うかのように肩を並べておりました。自らこそが頂きに立つのだと主張するかのように空に向かって伸びてゆく建物たち。それはまるで傍目《はため》には一つの山のようにも見えました。

夜光祭が行われるのは明日の夜。

きっと一つの山のような街から、数多くの悪いものが空に向かって飛んでゆくのでしょう。

「この辺りからなら綺麗な空が見えそうじゃないですか？」

ヒルダさんにとっては縁《えん》もゆかりもない場所というわけでもありませんし、この辺りに新居を建ててみるのもいいのでは？

どうせ人もろくに住んでないようですし、結構静かに過ごせるんじゃありません？

私は簡単にそのような提案をしてみせました。

おそらくは彼女も同じことを考えていたのでしょう。

「それならいい場所がありますの」

言いながら、彼女は歩み始めます。思い出を辿るように、ゆっくりと。

昔住んでいた場所にもう一度家を建てるつもりなのでしょう。その程度のことくらいは私にも容易に想像できました。前を歩く彼女の胸には、「もしかしたら最初に住んでいた家がまだ残されているかも」という期待がほんの少し隠れていることにも気づいていました。

「………………」

けれどここに至るまでに過ぎた時間は、あまりにも長過ぎました。

やがてヒルダさんが立ち止まったのは、何もないただの空き地。

まさかと思いました。

だから驚きました。

「ここに、私とライカの家がありましたのよ」

そのまさかだったからです。

彼女にとって懐かしいと感じられるようなものは、何もかもが姿を変え、そして滅んでいたのです。

街の中心部に買った家も。思い出のお菓子屋さんも。二人で育てた新種の花も。そして二人で過ごした思い出の家も。

何もかもすべて。

いい思い出も、悪い思い出も、今更《いまさら》すがりつくことなど諦《あきら》めろと重ねて語りかけるように、すべてが消えてなくなっていました。

牢屋に入れられていた百年余りの月日は、記憶の中で生きていたものをすべて死に至らしめてしまっていたのです。

彼女には何もありません。

住んでいた場所も、思い出も。

「ここに新しい家を建てるというのはどうかしら」

私に向けられた背中は途方に暮れているように見えました。

風ひとつで簡単に手折《たお》れてしまいそうなほどの頼りなさに満ちていました。

だから私は杖を持ちながら、言いました。

「手伝いますよ」


どうせ誰も使っていない場所だからと開き直って、ヒルダさんと私は魔法を用いて簡単な家を造り上げていきました。

近くに生えている木を切って、形を整えて、並べてくっつける。住み心地のよさはひとまず置いておいて、雨風凌《あめかぜしの》ぐための場所を作ることとしました。

目標としては今日一日で家を造りあげること。

明日は細かい家具などを一つひとつ丁寧《ていねい》に作り上げる――というのが私が描いた計画でした。魔女が二人もいるのですからその程度簡単でしょう？

と思っていたのですけれども。

「つ、疲れましたの……」

私と一緒にいる魔女さんは魔女といっても長い間塀の中でぼんやり過ごしていたということをすっかり忘れてしまっておりました。

ヒルダさんは少し杖を操ったかと思えば「もうむり……」と音《ね》をあげて、それっきりほとんど見学が中心になっていました。

つまり家を組み立てる作業は私の仕事だったということですね。

「出来上がったらこの家お空に打ち上げて爆発させてもいいですか？」

夜光祭の供物《くもつ》にしちゃいましょうか？　ええ？　と私は要所《ようしょ》要所で文句《もんく》をたれながら家を造りました。

お年を召《め》すと魔法もまともに使えなくなっちゃうんですか？

「わ、わたくしはこういうお仕事は専門外ですの……」

はあ。

「じゃあ何なら専門なんですか」

というか何ならできるんですか？

目を細めて睨む私。

彼女は気まずそうに目を逸らしました。

「こ、こう見えても私、異界にまつわることならとっても専門ですのよ。捕まっている間だって、異界にまつわることだけを考えていましたから」

「で、今は何ができるんですか？」

「イレイナさん。ここは異界でして？」

「異界じゃないですの」私は首を振りながら答えました。

するると彼女は「ですの！」と強く頷いたのち。

「じゃあ私が役に立てることはないですの！」

断言《だんげん》しやがりました。

「何ですかそれ」

「私の代わりに頑張ってくださいまし。ね？」

「どうしてそうなる」

呆れる私に彼女は「が、がんばれー、がんばれー」と大《たい》して気持ちのこもっていないエールを送ってみせました。

「本来、家の組み立ては引越し業者の仕事ではないんですけど……」

やれやれとため息をつきながら私は引き続きお仕事をこなしました。えらい。

結局、それから一日で出来上がったのは床と壁四方に囲まれたお部屋が一つだけ。家と呼ぶためには屋根《やね》が足りていません。

「もう夜になっちゃいましたか……」

落胆しながら私はため息を漏らしました。

余った材木で簡単に組み立てた椅子二つ。それぞれ腰掛けながら、私たちは夜空をただただ眺めました。

私にとっては不満な結果。

しかし彼女は大満足だったようです。

「一日でこれだけ進んだのだから大躍進《だいやくしん》ですの」

などと隣で彼女は笑っています。困ったものですね。

「百年以上生きていると一日の進捗《しんちょく》が想定を下回っても困らなくなるものなんですか」

「というより」

かぶりを振るヒルダさん。「昔お仕事をしていた時はもっと進捗は悪かったですもの」

ほうほう。

「聞いてあげましょうか？　昔話」

「聞きたいですか？」

「あなたが話したければ聞いてあげてもいいですよ」

「ま。年上に向かって不遜《ふそん》な子だこと」

頬をふくらませながら顔をしかめるヒルダさん。

けれど仕事は既に一段落。やることといえばお互い星でも眺めながら言葉を交わすことくらいしかありはしません。

だからそれから私たちの頭上で緩《ゆる》く風が流れたあとで、彼女は口を開きました。

思い出話の続き。

そして彼女が今に至るまでの物語。

○

ライカさんと別居してからというもの。

ほんの少しずつ、ほんの少しずつだけ彼女のお仕事は進展していました。優秀な同僚たちとの連携《れんけい》がうまくいったのかもしれません。

相変わらず、小さな穴の中で物を活動させることはできませんでしたが、異界へと通じる穴の位置を動かすことができるようになったり、あるいは形を少しだけ広げることができたり——穴に干渉する技術を増やすことでほんの少しずつだけ前に進んでいきました。

「近頃は随分と研究熱心なのだな、ヒルダくん」

地下における異界研究拠点《きょてん》にて。

二人を異界への研究に勧誘した役人さんは感心した様子で言いました。いつの間にやらヒルダさんは研究の中心人物。「君を誘って本当によかったよ」と少々誇《ほこ》らしげな様子で語ってすらいました。

かぶりを振りながらヒルダさんは答えます。

「国を守るために当然のことをしているまでですの」

謙遜《けんそん》ではありません。

本音でもありません。

答える彼女の視界に役人さんの姿は映っていませんでした——研究拠点の隅、荷物の整理をしているライカさんの後ろ姿が、そこにはあります。

住まいを分けてから二ヶ月が過ぎました。

職場でしか顔を合わせることがなくなった二人の間に会話はなく、他人のように距離感は開くばかり。

「君の活躍、期待しているよ」

役人は彼女の肩に手を置きます。

仕事が進めば進むほど、かつての生活が――二人で平和に笑い合っていた日々がどこか遠くへと行ってしまうような感覚がしました。

「……はい」

それでもヒルダさんは進むほかなかったのです。

いま抱えている仕事が終われば。

異界の研究がすべて完結すれば、忙しい日々は終わる。そうすればすべてが元通り。怒ってしまったことを謝って、許してもらって、また前のように二人で穏やかに暮らすことができるはず。

だから優秀な同僚や後輩《こうはい》たちと共に、日夜異界へと向き合ったのです。

眠る間も惜《お》しんで。

倒れる寸前《すんぜん》まで、毎日働き詰めました。

「――最近、なんだか思い詰めているようですけれど、大丈夫ですか？　先輩《せんぱい》」

ライカさんと距離を置くようになってから、仕事仲間との距離が縮まりました。中には彼女を先輩と慕《した》ってくれる子もいました。

大丈夫、とかぶりを振りながら、ヒルダさんはお茶で喉《のど》を潤《うるお》します。

別居してから三ヶ月後。

次第にライカさんは研究拠点にも顔を出さなくなっていました。

一体どうしたのでしょう。それとなく彼女は後輩に尋ねました。

「さあ……？　私も詳しくは知らないですけど、成果が出ないから別の部署に異動《いどう》になったって聞きましたよ」

異界研究のための人員は優秀な魔法使いばかり。

成果が出せない者から拠点を抜けていくのです。

「……そう」

ライカさんもまた、そのうちの一人だったということでしょう。

だから彼女はより一層、成果を出すために努力しました。何度も失敗を繰り返しながらも、異界の研究を進めました。

今のヒルダさんには、進むしか道が残されていなかったから。

――成果が上がったのはそれからさらに一ヶ月が過ぎたあとでした。

「できましたの」

異界へと続く門の研究は、とても静かに終わりを告げました。研究の完遂《かんすい》とともに拠点に流れたのはこれまでの苦労が報《むく》われたことへの安堵《あんど》のため息でした。

静かな時間が流れるなかで、ヒルダさんとその仲間たちは完成させた装置を作動させます。

異界へと通じる穴を閉じることができる装置でした。

少しずつ位置を動かしたり、広げたり——そうして研究を重ねていった結果、ついに閉じる方法を見つけたのです。

「ご苦労だった」

役人さんは大きな仕事をやり遂げた彼女たちを拍手《はくしゅ》で労《ねぎら》いました。見覚えのない魔法使いたちが彼の周りにいることがヒルダさんには不思議でした。穴が閉じる様を仲間と共に見るつもりでしょうか？　徹夜《てつや》続きで疲れた頭はヒルダさんに極めて平和的で直情的な判断をさせました。だからこそ再び口を開いた役人さんの言葉に耳を疑ったものです。

「では、これから先は我々が引き継ごう」

そして彼の周りの魔法使いたちが出来上がったばかりの装置とこれまでの研究資材をいっせいに運び始めます。

何が起きているのでしょう。

「あのう……一体何を……？」

理解が追いつかずに呆《ほう》けた声をあげるヒルダさん。役人さんは「ああ」と淡白《たんぱく》に頷きながら、

「異界へ通じる穴は今後、我々が国防《こくぼう》のために利用させてもらうことになったのだよ」

と語りました。

「国防……？」

理解が追いつかずに首をかしげるヒルダさん。

嘆息《たんそく》が返ってきました。

「疲れていて頭が回らないのか？」

ヒルダさんたちが研究を重ねた結果、異界に通じる穴に関するあらゆることが既に明らかになっていました。

穴の向こうには見たこともない新種の生き物や植物が跋扈《ばっこ》している。

こちらから穴を通って向こうへ渡ろうとするモノはすべて無事では済まない。向こう側に満ちている霧が姿形を変質させてしまうから。

だから国内に置いておくには危険だから、閉じたい――彼女はそのように依頼されて、仕事を引き受けました。

「敵国の排除《はいじょ》も国防の一つだよ、ヒルダくん」

しかし、そもそも役人さんの目的は別にあったのでしょう。

あるいは研究が進むにつれて穴の有効活用の方法を思いついたのでしょうか――どちらにせよ、目の前にいる魔法使いたちと彼が当初の目的とはまったく異なる方法で研究成果を奪おうとしていることだけは、明白でした。

「何を言っていますの……？　私は、そんなことのために――」

話が違う。

そんなことのために研究をしていたわけではない。胸の底から湧き出た怒りは彼女に杖を持たせていました。

その場にいた仲間たちと共に。

「反逆か。困ったな」

役人さんは呆れたように声を漏らし、それから引き連れている魔法使いたちに指示を下しました。

反逆者は捕えなければなりません。激《はげ》しく抵抗するようならばこの場で処分を下すこともやむなし。

事前にそのような段取りが組まれていたのでしょう。

だから即座にヒルダさんとその仲間には次々と魔法が浴びせられました。

「みんな……！」

抵抗しました。

「戦いますの……！　異界への穴を侵略のために使わせるわけには――」

しかし先手を取られた彼女たちは、あっという間に制圧されました。

「使わせる、わけには――」

気がついた頃にはヒルダさんは地面に転がっていました。

「…………」

腕が動きませんでした。足が動きませんでした。生暖かい感覚が片目を覆いました。ぼやけた視界で見えるのは赤く染《そ》まった地面。それと見覚えのある革靴《かわぐつ》。

「……道を踏み外さないでくれ、ヒルダくん。君は優秀な魔法使いだ。研究者だ。君をここで失うのは本意ではない」

今ならまだやり直せる。

その場で跪《ひざまず》き、愛娘《まなむすめ》を寝かしつけるように彼女の頬を優しく撫《な》でながら、役人さんは語りかけていました。心の底からヒルダさんの身を案じているような柔らかい声でした。

視界の端では彼が引き連れていた魔法使いたちが杖を振っていました。

ある者はヒルダさんと仲間たちが大事に扱《あつか》っていた研究資材を持ち出していました。ある者はヒルダさんたちが作った装置を勝手に使い、異界への穴を慎重に動かしていました。

ある者はヒルダさんの仲間たちを、後輩たちを、入念《にゅうねん》に倒していました。

「さあ、ヒルダくん」

やり直そう。

急《せ》かすように、役人さんは言葉を重ねます。

彼女は笑いました。

「やり直せませんの」

馬鹿《ばか》馬鹿しくて、笑うしかありませんでした。

「一度進んだら、もう二度とやり直せませんの」

「そんなことはない。君はまだ若い。まだまだこれからだ。今回のことは私が責任をもってもみ消そう。だから――」

「でも研究は違いますの」

既に感覚を失っている片手をローブの中へと忍ばせました。

中にあるのは小さな装置一つ。

後悔をしながら進むほかなかった日々の中で、ヒルダさんは何度も思っていました。

異界へ通じる穴の研究など加わらなければよかった。

「研究とは進んでは戻るの繰り返し。その過程の中で求める答えへと辿り着きますの。積み重なった失敗こそが、一つの正解へと道をつなぎますの」

ヒルダさんは顔を上げました。

困惑した表情の役人と、目が合います。

「問題は何を正解とするかですの」

そして正解とされるものには価値があります。たとえば異界の研究をしていたヒルダさんたちにとっては、危険な異界への穴を閉じる装置だけが正解でした。

その正解を求めて、何度も失敗作を積み上げました。

「今日、この瞬間まで、この装置には何の価値もありませんでしたのよ」

失敗作の中には、普通に使ううえでは何の利点もないものがいくつかありました。

いつもヒルダさんが懐に忍ばせていたのは、そのうちの一つ。

「何だ、それは……?」

——異界へ通じる穴の研究など加わらなければよかった。

こんな場所に来なければよかった。

すべてなくなってしまえばいいのに。

研究に没頭して、疲れ果てて、自暴自棄《じぼうじき》だった頃、その装置を持っているだけで気持ちが落ち着きました。

いつでも終わらせられると思うと——研究に費やした時間をすべて無に帰することができるのだと思うだけで、少しだけ肩の荷が軽くなった気がしました。

「まさか——」

すべてを終わらせるという選択肢は、進むほかなかった彼女にとっては救いだったのです。

「——お前たち、こいつを殺せ！」

彼女の手にある装置の正体に役人さんが気づき、声を荒らげます。

しかし。

「もう遅えですの」

既にその装置は、その手の中で魔力を放っていました。

一瞬《いっしゅん》の出来事でした。

大きく口を開けた異界への穴が、その場にあったすべての物を呑《の》み込んでいきました。積み重ねてきた研究資材も、仲間たちの亡骸《なきがら》も、そして役人さんも、その手下の魔法使いたちも。

すべて気づけば深い霧に満ちた世界へと、放り込まれていました。

「ああ……これが異界ですのね」

長らく続けてきた研究の中で、直接足を踏み入れたことはありません。

目の前に広がるのは美しくも残酷《ざんこく》な世界でした。

理解が追いつかない光景でした。

空を見上げれば黒い影が見えました。巨大な竜が悠々《ゆうゆう》と飛んでいます。何匹も。

地面には見たこともない植物が生えていました。なかには既に仲間の亡骸に絡《から》みついているものもありました。

そして目に映るすべてが異界に呑まれて変質していきました。

役人の手下の魔法使いたちが次々と苦しみ、もがき、倒れていきました。

身体の色が変わり。肥大化《ひだいか》し。枯れて、崩《くず》れて。果てていきます。

なかには大きな変化が表れない者もいました。

仲間たちの成れの果てに恐れをなして、生き残った魔法使いたちは逃げ出します。背後に大きく口を開けている異界の穴へと飛び込もうとしました。

おおよそ五人程度。

しかし誰一人として戻ることは叶いませんでした。

一人目は動いた途端に蔦《つた》に絡まれ、もがくたびに地面に沈んでいきました。

二人目は息絶えたはずのヒルダさんの仲間に噛みつかれて倒れました。

三人目と四人目は手をつなぎながら穴とは逆方向に歩き始めました。甘い香りに誘われるように、幸福そうな表情を浮かべながら、霧の中へと消えていきます。ほどなくして霧の向こうから獣《けもの》の咆哮《ほうこう》が響き渡りました。

そして最後の一人は穴の手前で空から落ちてきた竜によってぱくりと呑み込まれてしまいました。

結局、穴を通って元の世界へと行くことができたのは、その竜一匹だけでした。

「……はは、はははは」

そんな光景に、彼女はただ笑うしかありませんでした。

自身には危害が及ばないように、残り少ない魔力で自らの周囲を覆いながら、ただ眺めるほかありませんでした。

戦うこともままなりません。魔力で覆うために杖を使っているせいで、攻撃のために魔法を繰り出せないのです。

「この……小娘があああああああ！」

だから、簡単に役人さんの接近も許してしまう。

うまくいかないものです。

やがて彼女に残っていた魔力は簡単に枯れ果て、役人さんに覆い被さられました。

「この、この……！　お前のせいで……！」

首を絞《し》める両手は既に黒く染まっており、役人さんもまた異界によって姿形を変えられていました。

「ふふ……あはははは！」

男の醜《みにく》い姿に、ヒルダさんは吹き出してしまいました。「あはははは！　これで終わりですの！　私も！　あなたも！」

自暴自棄でした。

魔力を失い、この場に残ったヒルダさんもまた身体が異界に毒されていることを自覚していました。

ここが自身の最期の場所なのだと、思いました。

「この……せっかく目をかけてやったのに……！　恩《おん》知らずが……！」

ぎりぎりと彼女の首を締め上げる役人さん。目が血走《ちばし》っていました。息が上がっていました。興奮していました。

「最悪ですの」

こんな男と人生の最期を迎えねばならないだなんて。

吐き捨てるように言葉を漏らしました。そのまま自身の命が終わると思っていました。

「この……この……う、あ、あ……？」

しかしヒルダさんの首を絞めていた指先が、その時途端にぼろぼろと崩れていきました。

「ああああああああああ！　あああああああああああ！」もがき苦しむ役人さん。指が壊れ、腕が落ち、やがて肩まで消えてなくなります。

彼の身体の変質はまだ終わっていなかったようです。

苦しむ彼を尻目《しりめ》にゆっくり退《しりぞ》くヒルダさん。

足と胴体《どうたい》だけになった役人さんの体はそれから途端に膨《ふく》れ上がり、巨大な蛇《へび》のような形に姿を変えていきました。

『…………』

もはや役人さんとしての自我《じが》は微塵《みじん》も残されてはいません。

地を這《は》う蛇がまっすぐに向かうのは、目の前にいるヒルダさん。

「……本当、最悪ですの」

首を絞められた時に絶命《ぜつめい》しておけば、ひどい思いをせずに済んだかもしれないのに。

つくづく人生とはうまくいかないものです。

ため息をつきながら、ヒルダさんは退くことを諦めました。

目の前まで迫った大蛇《だいじゃ》は大きな口を開け。

そして瞳を閉じ。

「――ヒルダ！」

がん、と大蛇の頭に拳《こぶし》が叩き込まれました。

懐かしい声。

数ヶ月見ていない顔と共に。

「……ライカ？」

震《ふる》える声でその名を呼びました。

自らを守るために身体の周りを魔力で覆いながら現れたのはかつての親友その人でした。

少し見ないうちに髪は伸びて、服の趣味も変わっていました。けれど見間違えることなどあり得ません。そこにいたのは自身の前から去ったはずの彼女だったのです。

「あなた、一体、どうして――」

「説明は後！」

手をつなぎ、二人は駆け出しました。手から伝わる体温は、本物の人の温かさに満ちていました。

向かう先はヒルダさんが広げた異界への穴。

向こうの世界に竜が紛れ込んだことで異変を察知《さっち》したのでしょう。ライカさんは助けに来てくれたのです。我が身を顧《かえり》みず、ヒルダさんの元へと駆けつけてくれたのです。

「大変なことしてくれちゃったねぇ、ヒルダ」

手を引きながらライカさんは笑っていました。

ごめんなさい。溢《あふ》れる涙を落としながら、ヒルダさんは答えます。

――どうして来てくれたんですの。

「助けに行かない理由があると思う？」

――前は怒って、ごめんなさい。

「いいよ。私も悪かったし」

――あなたがいない日々は退屈《たいくつ》でしたわ。

「あたしもだよ。ずっと暇してた」

――ここから出たら、また二人で暮らしましょう。

「あはは。今それに答えるのはちょっと難《むずか》しいかな」

やがて穴の前へと着きました。

その時に気づきました。

「ライカ……？」

名前を呼びながら振り返ります。

いつものように笑みを浮かべているライカさんの姿がそこにはありました。

そして傍《かたわ》らには、異界への門を閉じるための装置が一つ。既に蔦に絡まれ、一部は潰《つぶ》され、まともに機能するかどうかすら定かではありません。

その場から動かすことは到底不可能といっていいでしょう。

魔法でも使うことができれば話は別ですが、ライカさんは自らの身体を魔力で覆っているせいで魔法は使えず、そしてヒルダさんに至ってもまともに魔法が使えるような状態ではありません。

つまりいうなれば誰かが残って装置を直接作動させるしかないのです。

どちらかが残らなければならないのです。

「ライカ――」

私が残る。ヒルダさんは言いかけました。

しかし直後に彼女の体は穴の中へと放り込まれていました。

隙《すき》を見てヒルダさんの背中を押したのでしょう。呆気《あっけ》にとられる彼女の目には、いつものように笑うライカさんの姿が映っていました。

「どうして、あなたはいつもいつも……！」

勝手に物事を決めるのですか。

文句の一つでも言いたいところでした。

せっかく再会できたばかりなのに。

話したいことはまだまだたくさんあるのに。

待って——。

ヒルダさんは手を伸ばしました。

「大丈夫だよ、ヒルダ」

けれどライカさんがその手をとってくれることは、なかったのです。

彼女はただ、いつものような笑顔を見せながら、向こう側の世界から彼女を見送りました。


ヒルダさんが戻ったこちら側の世界は悲惨《ひさん》な状況になっていました。

周りにある建物の多くは崩れていました。黒い竜の姿はありません。おそらくは国にいた魔法使いたちが仕留めたのでしょう。

呆けたままにヒルダさんは見上げます。

街の中央、そこにあるのは開かれたままの大きな穴。

きっとその向こうでライカさんは今はまだ生きているのでしょう。

けれどもう二度と、会うことはできないのです。

きっとライカさんが向こう側で装置を作動させたのでしょう――ヒルダさんがこちら側の世界に戻った直後、穴は静かに閉じていってしまいました。

再び彼女を助けに行くことなど、不可能でした。

「お前がヒルダだな」

穴を見上げる最中、ヒルダさんを取り囲むのは国の兵士と魔法使いたち。まるで犯罪者を見るかのような、親の仇《かたき》を見るかのような視線を彼らはヒルダさんに浴びせていました。

「反逆罪《はんぎゃくざい》で貴様《きさま》を拘束する」

まったくもって、人生とはままならないものです。

兵士たちによって無理やり立たされた彼女にかけられたのは冷たい手錠《てじょう》。

再び顔を上げれば、既に穴は、見えなくなっていました。


どこで道を誤ったのでしょう。

きっと穴の研究などに手を出すべきではなかったのでしょう。それから牢屋へと放り込まれた彼女は、連日、国の兵士たちから取り調べを受けることとなりました。

どうやら気づかぬうちに――あるいはそうなるように仕組まれていたのかもしれませんが、起こった出来事のすべての責任はヒルダさんにあるということになっていたようです。

異界に通じる穴の研究を始めたのもヒルダさん。中心となって魔法使いたちを集め、国を裏切るために地下でこそこそと悪事を企《たくら》んでいたのもヒルダさん。

そして穴を開放し、黒い竜で国をめちゃくちゃにしたのも、ヒルダさん。

そういうことに、なっていました。

穴から舞い戻った彼女を待っていたのは、自らを犯罪者として恨む街の人々の冷たい目。

国家転覆《てんぷく》を目論《もくろ》んだ魔法使いとして、ヒルダさんは裁判にかけられました。下された判決は懲役《ちょうえき》百十五年。死刑のないこの国において、実質的な死刑判決ともいえました。

ほどなくして彼女に与えられたのは窓すらない狭い牢屋一つだけ。

怪我の治療《ちりょう》もろくにされないまま、彼女はそこに放り込まれました。

「ごめんなさい……ごめんなさい……」

冷たい床の上で謝っていたら一日が過ぎました。

「お願いです……殺してください……」

何日か経った頃にはうわごとのように殺してほしいと呟きました。

「あはは……、ははははは……」

時折彼女に暴行を加える兵士もいました。彼女は笑うしかありませんでした。

「もう何でもいいですの……」

一ヶ月が経った頃にはすべてがどうでもよくなりました。

「…………」

そして言葉を失い、一年が過ぎました。

「ライカ……」

五年の歳月が過ぎても脳裏《のうり》に残っているのは親友の最期の姿。

どうすればよかったのだろうと思いながら日々を過ごしました。

「…………？」

そうして何年もの月日が流れる中で、彼女は自らの身体に異変が生じていることに気がついたそうです。

時間の流れは彼女が背負《せお》った罪の重さを人々に忘れさせました。最初は小さかった牢屋から普通の牢屋へと移動になり、温かい布団《ふとん》で眠ることができるようになったそうです。

そして牢屋で生活してから十年ほどの月日が流れたあとのこと。

彼女は齢《よわい》三十代半《なか》ばとなりました。

しかし。

「顔が……変わっていない……？」

ある日、新しい牢屋の中で鏡《かがみ》を見つめた時、ヒルダさんは自らの身体がまるで年老いていないことに気づいたそうです。

鏡の中で驚いた表情を浮かべているのは、瑞々《みずみず》しい艶《つや》のある肌をした自分自身。

あまり動かない生活を送っているせいでしょうか？　久々に見る自分の顔に彼女は驚きました。

よく見れば身体もまるで衰《おとろ》えていません。

けれどあまり深刻に捉《とら》えることもありませんでした。ただ若い外見のままだから、過去の出来事をろくに知らずに入ってきた新米の兵士たちから親切に接してもらえて得をした気分になった程度でした。

時は流れて収容されている人間たちも徐々に入れ替わっていきました。

二十年過ぎた頃にはヒルダさんより前から入っていた者などほとんどいないくらいになっていました。

新入りの罪人たちはまず刑期が最も長いヒルダさんの外見に驚くそうです。

「とても何十年も収容されているようには見えない……」

既に四十代となる彼女の外見は、不思議なことにやはり二十代で止まったままだったのです。おそらくはその体の変質こそが異界へと行った彼女に起きた変化だったのでしょう。

外見的にろくに年を重ねることなく、彼女の時間はそうして過ぎていきます。

「いつまでも若いままでいいですね」

刑務作業中に誰かがヒルダさんを羨《うらや》んで言いました。

彼女は苦笑で答えます。

「いいことなんて何もないわよ」

目的をとうの昔に見失った人生を彼女はただ消化してゆくだけ。

いちばん大切なものを見失ってしまった彼女は、塀に囲まれた狭い世界の中で小さな空を見上げることしかできませんでした。

どうすればよかったのだろうと思いながら、彼女はただ毎日を繰り返すばかりでした。外見が変わらないように、頭の中で繰り返す出来事も変わりません。

かつて開けた異界の穴。

あの時はどうすればよかったのかと考え続けるばかりの日々を彼女は過ごしました。何年経っても、何年経っても、新入りだった兵士が人の上に立つようになり、やがて年老いて引退したあとも。

収容所の中で暴れてばかりだった新入りの囚人がすっかり丸くなって社会に復帰したあとも。

彼女はただその場に留まりながら考え続けました。

そうして気づけば百十五年の歳月が、流れていたのです。

「それで、答えは出たんですか」

長い長い昔話の果てに、尋ねる私。

彼女はすっかり暗くなった空を眺めながら。

はるか昔から変わらない夜空を眺めながら。

「……ええ。とっくに出ていますの」

彼女は穏やかに答えていました。

懐に、手を入れたまま。

○

――異界へ通じる穴の研究など加わらなければよかった。

すべてなくなってしまえばいいのに。

自暴自棄だった頃の彼女にとって、すべてを終わらせるという選択肢は救いだったようです。だから研究者時代はいつも懐に無理やり穴を広げる装置を忍ばせていたみたいですけれども。

そのおかげで今のような彼女が出来上がったようですけれども。

「……散々《さんざん》昔話をしてもらったあとで申し訳ないんですけど、こちらからも一つお話をしてもいいですか？」

懐に忍ばせたその手を押さえるように触れながら、私は彼女に語りかけていました。

「何ですの？」

穏やかなままに彼女はこちらを向きました。見た目に相反《あいはん》する年の功《こう》、長年にわたり生きてきた者の余裕のようなものがその目にあるように感じられました。

そして目と目を合わせたあとで、私は首をかしげるのです。

「さっきの話、ちょっと変なところがあると思うんですよ」

「変なところ？」

お互い首をかしげて見つめ合う私たち。

頷きました。

「幾つか変なところというか、ちょっと引っかかるところというか――私が聞いた話とは少々食い違う部分があるように思えるんです」

「？　というと？」

私は尋ねました。

「ヒルダさんは周りを巻き込んで装置を作動させたと言っていましたけど……向こうには大体どれくらい滞在《たいざい》していたんですか？　お話の内容から察するに長くても十数分といったところでしょうか？」

もしくはもっと短かったかもしれません。

「穴の向こうの世界は人が生きていられるような場所ではありませんの。体感では概《おおむ》ね数分といったところでしたの」

「ですよね」

少なくとも、彼女が過ごした時間はさほど長くなかった、というのが事実です。

しかし、だから私は変だと思ったのです。

「ヒルダさんって『悪しき者』の伝承《でんしょう》をご存じですか？」

「何だか質問が多くなりましたの」

「大事なお話ですので」

それで、どうです？　ご存じですか？　しつこく尋ねる私。ヒルダさんは呆れたように首を振りながら「知りませんの」と答え、

「でも想像はつきますの」とも付け足しました。

語る彼女はやや不貞腐《ふてくさ》れた様子ですらありました。

「ちなみに私は詳細まで知ってますよ」

ふふんと胸を張ってみせる私。

実は聞いていたのです。夜光祭について学生に伺《うかが》う際に、『悪しき者』にまつわる伝承の詳細を。

「『悪しき者』とは今から百十五年ほど前に、この国に突然訪れた黒い竜のことを指す言葉だそうです。その被害はかなり酷かったみたいですよ。この国の多くの建物を壊して回って、怪我人もかなり出たとか。……時期的に考えてもヒルダさんが穴を広げた際に向こう側から来た一匹の竜が暴れたとみて間違いないでしょうね」

「……そんなことだろうと思っていましたの」

で、だから何ですの？　と言いたげな彼女。

しかしここから先が、ちょっと変なのです。

「伝承によれば、『悪しき者』はこの国をおおよそ一ヶ月ほどかけて破壊していったそうです」

この国に突如として開かれた大きな穴。

そこから飛び出してきた『悪しき者』はまず、この国の空を悠々と飛び、最初の一日で街の中心街を軽く壊したのちに遠くへ飛び去っていったそうです。

穴は国の政府が厳重《げんじゅう》に封鎖《ふうさ》。誰も立ち入りができないように見張りを立てました。二匹目が出てくることを恐れたのかもしれません。

結果としてそれ以降別の『悪しき者』が出てくることはありませんでしたが、一匹目の『悪しき者』は数日おきにこの国へと戻ってきました。

ある日はこの国の田畑を荒らして去っていき。ある日は通行人に襲いかかり。ある日はただ太陽の下で遊覧し、そしてまたある日は建物を壊して回る。

目的もなくただ『頂のマルドヨーベ』で暴れる様子はまるで住処《すみか》を失いさまよう獣のようにも見えました。

街の人々は空を支配する竜を恐れ、やがて魔法使いたちを中心とした討伐隊を結成しました。討伐隊を統《す》べるのは国で最も勇敢《ゆうかん》な魔法使い。

「『悪しき者』さあ、私たちみんなで倒さない？」

ちょっとみんなで買い物に行こうよ、みたいな軽いノリで語る彼女の名はライカさん。

奇しくもヒルダさんの親友と同じ名で、そして同じような性格でした。

勇敢な彼女は優秀な仲間を集めて計画を語りました。『悪しき者』が出てきた場所は異界に通じる大きな穴。『悪しき者』を倒したあと、これを閉ざさねばならないと彼女は言うのです。

しかしどうやって？　仲間たちは顔を見合わせ、尋ねます。

彼女は無駄《むだ》に堂々としながら答えます。

「え、どうやって……？　えっと……まあ、なんというか……まあ上手くやるわ！」

特に考えなしの彼女でした。

いつも基本的に考えなし。しかし不思議なことに彼女の周りに多くの魔法使いたちが集まっていきました。

彼女を頼れば何とかなる。そう思わせるだけの魅力《みりょく》が彼女にはあったのです。

それから討伐隊は彼女をリーダーに据えて、『悪しき者』を倒すために協力しました。

成果が上がったのはそうして『悪しき者』がこの国に現れてから一ヶ月が経った頃のことでした。

「よっしゃ！　倒せたね！」

どうよ、と語る彼女。路上に倒れる『悪しき者』の傍らで崩れた建物の数々が、その戦いの苛烈《かれつ》さを物語っています。

それはさておき彼女は直後に「じゃ、私ちょっと行ってくるね！」などと、ちょっと買い物行ってくる、くらいの気軽さで穴の中へと飛び込んでいきました。

穴の中から人が出てきたのは、それから数週間が過ぎた後のこと。

出てきたのは魔女ひとり。

名はヒルダ。

英雄の代わりに戻ってきた彼女は、奇しくも『悪しき者』が出てきた当初から、政府が捜《さが》し続けていた魔女その人でした。

「――反逆罪で貴様を拘束する」

そして穴は閉ざされていきます。

政府の者たちは、街の人々は、感謝しました。

国を危機に陥《おとしい》れた悪名高き魔女を自らの命を賭《と》して捕まえてみせた英雄、ライカさんに対して、深く深く、感謝しました――。

「――私が聞いたのは概ねそういう感じの物語なんですよ」

ヒルダさんから伺った人物像や背景をもとにある程度の脚色《きゃくしょく》は加えてはいるものの、私が街で聞いた『悪しき者』にまつわる伝承とはこのとおり。

不思議なことにヒルダさんのお話とは決定的に食い違う箇所があるのです。

「ヒルダさんが異界にいた時間は一日に満たない――はずなのに、『悪しき者』は一ヶ月近く暴れていた。これは少々奇妙《きみょう》な矛盾《むじゅん》だとは思いませんか?」

「…………」

そもヒルダさんのお話が事実だったとするなら少々妙なのです。

竜が一匹、穴を通ってこちら側の世界に来たとするなら、倒されるまでの時間があまりにも短すぎます。出てきた直後に討ち取られたと解釈するのが正しいくらいに。それなのに街は損害を被っている。変な話ですね。

ライカさんが来るまでの時間も早すぎます。

まるで穴を拡大させた直後に飛び込んできたみたいではありませんか。

並べられた断様な事実から考えられることは一つ。

「ひょっとして、異界とこちら側では時間の流れが違うのではありませんか」

こちら側から異界への穴を覗いた時、物が止まって見えるのは、それだけ向こう側に流れている時間が遅いから。

人や物が入った途端にまともではいられなくなる場所、異界。

時間の流れ方が異なっていたとしても不思議ではないかもしれません。

「そしてあなた自身もその事実に気づいているのではありませんか」

異界を研究していた者の一人として――実際に異界へと足を踏み入れた者として、おそらくはいずれかの段階で時間の流れの違いを理解したはずです。

「………………」

私に沈黙を返すヒルダさん。

彼女がやろうとしていることに、私はここで気づいてしまいました。

「ひょっとして、もう一度穴を見つけて、広げるつもりですか？」

懐へと忍ばせたその手を、私は押さえずにはいられませんでした。

かつてこの国で『異界に迷い込んだ』と自称する者が現れたように。

国の近郊、あるいは内部にまだ他に穴が残されている――彼女はそのように考えていたのではないでしょうか。

かつて役人さんに騙《だま》され、殺されかけた時にそうしたように、穴を広げ、人が通れるサイズに変えて、その中からライカさんを引きずり出す――そのつもりなのではないでしょうか。

尋ねる私に、彼女が返したのは大きなため息でした。

「……だったら何ですの？」

開き直るように、彼女は私を冷たく見つめます。「私がやろうとしていることに気づいたから何ですの？　あなたは私をどうしたいのです？」

「いつから時間の流れの違いに気づいていたんですか」

あからさまに不機嫌《ふきげん》な様子で彼女は私の問いかけに答えてくれました。

そも研究していた当初から疑念は抱いていたこと。それが確信に変わったのは、その数十年後——独房《どくぼう》から移され、収容所内を自由に動けるようになった頃のこと。

彼女は過去の資料を閲覧して、知ったそうです。

ライカさん。

朗《ほが》らかな彼女の、輝かしい功績。しかし奇妙なことに彼女の名と共に綴られている『悪しき者』にまつわる記述が、ヒルダさんの記憶とは大きく食い違っていたそうです。

そこで彼女は確信したのです。

ここと向こうでは時間の流れが大きく違う。

おそらくこちらで一ヶ月かかる出来事が、向こう側では数分程度。

ここでの百年は、向こうにおける数日でしかないのです。

それはおそらく牢屋の中で生きている彼女が見出した唯一《ゆいいつ》の希望。

「ライカはまだ生きている。穴の向こうで、まだ戦っている——私には彼女を救う使命がありますの」

きっと彼女はライカさんを助けることだけを生きがいにして、塀の中で時間を過ごしていたのでしょう。

逃げることは許されず、牢屋の中で信頼を集めて、ただ着々と準備だけを進めていたのです。

「私はここで新しく穴を探して、異界へと行きますの」

言いながら彼女が懐から抜き取ったのは、古びた小さな装置一つ。

それはおそらくかつて彼女が自暴自棄になった時に使った道具。

すべてを巻き込み穴を開いた装置。

「止めても無駄ですのよ」

私に何を言われても、たとえ止められたとしてもやり遂げる。

彼女の目はそのような決意に満ちていました。

「で、穴に目星《めぼし》はついているんですか」

「あなたには関係ないでしょう」

「ついてないんですね」

ずっと収容所にいたくらいですし、そもそも新しい住居を今日探していたくらいですし、おそらくは別の穴に関しては何の手がかりもないのでしょう。

私は肩をすくめながら彼女を見やりました。

勘違いされたくはないのですが、私はべつにヒルダさんを止めるつもりも咎《とが》める気もないのです。

私が言いたいのは、ただ一つ。

「いまから探すだなんて非効率的なことはおやめになったほうがいいと思いますよ」

意図的に伏せていたわけではありませんけれども。

そもそも彼女には語る必要すら感じなかったので省《はぶ》いていただけのことなのですけれども。

街中で聞き込みをしている最中に聞いたお話が一つあるのです。

「ヒルダさんは夜光祭の由来についてご存じですか」

尋ねる私。

「知るわけないじゃないですの」

答える彼女。

ならば教えて差し上げましょう。

私は立ち上がり、競い合うように伸びている建物たちを指差しながら、言いました。

『夜光祭というのは――』

親切な学生さんが教えてくれた言葉を、頭の中で反芻しながら私は言いました。

「――いつからその現象が見られるようになったのかは街の人々もよくわからないそうですが、『頂のマルドヨーベ』にはとある不可思議《ふかしぎ》な現象が極稀《ごくまれ》に見られるそうです」

それは霧がほどよく街を覆う日の夜のこと。

街のいたるところから、夜空へと向かう青白い光の線を見ることができるそうです。

誰が何のためにそのような仕掛けを施したのかはわかりません。ただ、ずっと前から、その光の線は、街の中央――かつて『悪しき者』が現れた箇所のあたりに延びているそうです。

不思議なことに光が示す先はいつも少しずつ、ほんの少しずつ動いているようです。

それが何を指しているのか調べた人がいました。しかし光の線が集まった先にあるのはただの空だけ。何もない。

もしかしたら空からどこかへと光が降りているのでしょうか？　ある時には誰かが光の線が向かう先を追ってみることにしました。

「その先で見つけたのは、暗闇の中で光る蝶の模型だったそうです」

無数の蝶が街を飛び交い、青白く光っている。放たれた光は不思議なことに夜空の真ん中でつながっているのだといいます。

それはとてもとても神秘的な光景だったそうです。

やがて人々はその蝶こそ英雄が残した遺物《いぶつ》なのだと語りました。

ゆえに人々は光を崇《あが》め、やがて神聖なる光を祀《まつ》る祭事を開くことになったのです。

四年に一度。かつてこの街を襲った災害や悪い出来事。転じて嫌いなものまで空に飛ばして、夜にまたたく光によって浄化してもらう。いつからか街の人々が行うようになった習慣は、やがてこのように呼ばれるようになりました。

夜光祭と。

「今日はほどよい霧に満ちているみたいですね」

田舎《いなか》のほう、私たちのそばを一匹の蝶がひらひらと舞いました。

輝く青白い光は一つの線となり、街の頂へと延びています。

「…………」

呆けた顔を向けているのは、ヒルダさん。

——ありとあらゆる改良の末、結果的に蝶は持ち主と魔力の線でつなげることになりました。

——意思ひとつで操ることができるようになりました。

かつての研究成果を、彼女はそのように語っていました。

もしも、私たちの前を飛んでいる蝶の模型が、かつて二人が作ったものならば。

魔力の線が、まだ一つの場所に向かって延びているならば。

「どうやらヒルダさんのお仕事はまだ終わっていなかったみたいですね」

私は夜空を指差しながら、語りました。

その先に見えるのは、霧の中で集う光の線たち。

「百十五年前に開けた穴は、まだ閉じていないみたいですよ」

祭りで賑わう街の夜空の中。

たしかに、微《かす》かに。

異界へと通じる穴は、まだそこに存在しているのです。

○

翌日の新聞の見出しはこのような内容でした。

『街の空に謎の穴？　夜光祭に現れた奇妙な現象』

事態は夜光祭の最中に起こりました。

伝統にならって人々が悪い物を空へと飛ばす最中、空の向こうに大きな穴が一つ開きました。

それはまるで丸い窓を開いたかのよう。向こう側に見えるのは、霧に包まれた不思議な世界。飛ばした模型の数々が空の中で弾けて花火となって散りゆく向こうで、大きな穴はじっとこちらを覗くように、ただ静かに存在していました。

巨大な穴の正体は一体何でしょう？

もしかして祭りの催し物でしょうか？

街の人々の多くは不可思議で神秘的な現象に歓喜《かんき》しました。

それが百十五年前に『悪しき者』が現れた大穴とまったく同じものであることに誰も気づかなかったのです。

当時を生きていた人など誰もいないのですから。

たった一人を除いて。


「――開きましたの」

街の空、人々が見上げている空の中でほうきが二本、泳いでいました。

小さな装置を片手に橙色の髪を揺らすのはヒルダさん。

「みたいですね」

その後ろで頷くのは灰色の髪の魔女。

私です。

「今日がお祭りで助かりましたね」

街を見下ろしながら言いました。

暗い夜空の下、路上のいたるところから小さな模型の数々が空へと上っています。水の中で泡が浮かんでゆくようにゆらゆらと、魔力を帯びて光り輝きながら。

やがて模型たちは街の上空で火花となって巨大な花を咲かせます。

街の人々の視線はその真上――ぽっかりと空いた霧が見える穴に集まっていました。

異界と呼ばれる未知なる世界。

好都合なことに街の人々はヒルダさんが百十五年ぶりに開いたその世界を、祭りにおける催し物の一つであると捉えてくれたようです。

眼下《がんか》で歓声《かんせい》が上がる中、私たちは開けたばかりの別世界に杖を向けます。

「準備はいいですの?」

彼女は杖を構えて待ちました。

異界に通じる穴が開いたその瞬間から、私たち二人はじっと時間が過ぎるのを待ち続けました。

花火があちこちで上がる中、その上にある霧の世界だけを見つめていました。

何分待てばいいでしょうか。ひょっとしたら何時間も待たねばならないかもしれません。

しかし彼女には確信がありました。

「ライカはきっと来るはずですの」

別の世界を見つめながら彼女は言います。「伝承が事実ならば――この穴が通じている先に、必ず彼女がいるはずですの」

夜光祭における伝承によれば夜空に延びる光の線の数々は、常に位置を変えています。

それはつまり異界に通じる穴の位置が変わっているということ。

「異界の研究で私たちは多くの失敗作を作ってきました」

たった一つの正解に行き着くまでに、数多くの失敗が積み重なるものです。

問題は、何を正解とするか。

「あなたたちが歩んできた失敗は、無駄じゃなかったみたいですね」

彼女たちが作ってきた装置のなかには、穴の位置を変えるものもありました。

――これまで長い間、光の線たちが指し示す位置を変え続けてきたのは、ひょっとしたら、異界の向こうにいる彼女からのメッセージだったのかもしれません。

待ち続けること十分程度。

おそらく向こうの体感ではほんの一瞬。

「――ほら！　やっぱりヒルダがなんとかしてくれるじゃん！」

穴の向こうから、ぼろぼろの女性が一人、落ちてきました。

○

いつかヒルダさんが助けにくると確信があったのでしょう。

だから無茶を承知で彼女は飛び込み、向こう側の世界に残ることを選んだのです。

永遠のように長い数日間を異界で過ごしながら――こちらに通じる穴の場所を常に自らの近くに

用意しながら、いつでも飛び込めるように準備していたのです。

「ライカ！」

その名をヒルダさんが呼んだ直後、私はほうきを走らせました。ぼろぼろの彼女は既に杖を振る気力もほとんど残っておらず、身体中が怪我だらけ。

「ヒルダー！　何日ぶり？　ちょっと髪伸びた？」

などと手を振りながら笑っていられる余裕があるのが不思議なほどです。

私は自由落下する彼女の下へとほうきを潜《もぐ》り込ませ、杖を振って彼女の落下を止めました。空中でゆるりと速度を落とし、やがて杖の真上でピタリと身体を止めました。

見事な杖さばきですね。我ながら惚《ほ》れ惚《ぼ》れします。

「きゃ、お尻がちくちくする」

一方で私の真上にいる彼女は両手でお顔を覆っておりました。何なんすか？

「異界に緊張感置いてきちゃったんですか？」

「それはさておきあなたはどなた？　ヒルダの友達？」

「詳しい説明は後でもいいですか」

いま悠長《ゆうちょう》に話している時間ないと思うんですけど。

私はヒルダさんに目配《めくば》せを送りました。予定していた作業の半分が現時点で無事完了したわけですが、残り半分――穴を閉じる作業がまだ残っています。

「あ。そういえば穴を閉じる装置、向こうに置き去りなんだけど……どうしよ」

緊張感皆無な声が私の上で響きます。

私はほうきの後ろにそんな彼女をポイっと落としつつ、「その辺は抜かりないですよ」と軽く答えます。

「……ていうか、私が穴の向こうに行ってから、どれくらい時間が経ってるの？」

百十五年。

それだけの長い期間があれば、穴を閉じる装置を獄中で誰にも知られることなく再度作ることも容易。

ヒルダさんは自らに与えられた時間を、自らの未来のためでなく、異界に残された彼女のために、すべて使っていたのでしょう。

すべてが順調、予定通り。

「穴を閉じますの」

そしてヒルダさんが装置を空に掲げ。

「あ、先に謝っておきたいんだけど、タイミング悪くてごめんね！」ぱん、とライカさんが手をあわせて謝ります。

徐々に閉じてゆく異界に通じる大きな穴——恐らくは私たちがライカさんを助けるために再度開いたのは、彼女にとっては最悪のタイミングだったのでしょう。

閉じゆく穴の向こうから、一匹の黒い蛇がぬるりと顔を覗かせました。

『…………』

蛇は花火が飛び交う空を見つめ、そして上空で「やべ……」と顔をしかめるライカさんを見つめ

――それから、装置を作動させているヒルダさんを、睨みました。

「…………」

あるいは睨み合いました。

黒い蛇が元々何であったのか、誰であったのかは今更言葉にするまでもないでしょう。

ヒルダさんを見つけた直後、蛇はずるりとその体を穴から引き抜き――飛んでいきました。落ちていきました。ヒルダさんへと向けて、大きな口を開けながら。

本能の赴くままに彼女を丸呑《まるの》みにしようとしました。

「ヒルダさん!」

助けに行こうとしました。ほうきの向きを変えて、杖を構えて、彼女に向かう蛇の動きをまずは止めようとしました。

しかし私はそこから身動き一つとしてとることはなかったのです。

「…………」

私に沈黙を返すヒルダさんの瞳が語っているのです。

邪魔《じゃま》をするなと。

「この日を私はずっと待っていましたの」

ライカさんを追って蛇が紛れ込んでくることなど彼女にとっては想定内。

杖を顔の前で構え、彼女は魔力を込めました。

彼女の専門分野は異界。

家を造る時ですら彼女の魔法はほとんど役に立ちませんでした。少し働いてすぐに音を上げる。

概ねその繰り返しだったように思えるのですけれども。

私はどうやら一つ大きな思い違いをしていたようです。

「私が作った失敗作にはこういうものもありますのよ」

途端、彼女の前と後ろに大きな穴が開きました。呑み込もうとした黒い大蛇は彼女の体をすり抜けます。

二つの穴は彼女の前後の空間を一つにつなげていたのです。

「そしてこの失敗作は、こういう使い方もできますの」

ひゅん、と杖を振り下ろすヒルダさん。

彼女の前後に開けられた穴は、直後に閉じました。

大蛇の身体を巻き込んだまま。

『……！』

すぱん、と身体を真《ま》っ二《ぷた》つにされた大蛇が血飛沫《ちしぶき》を散らしながら落ちていきます。雨のように降り注ぐ赤い雫《しずく》。しかし街の住民がその血に触れることは恐らくなかったことでしょう。

再度杖を振るったヒルダさんは、息絶えた大蛇に魔法をかけました。

今宵は夜光祭。

祭りのしきたりに倣《なら》い、彼女がかけたのは花火の魔法。

息絶えた大蛇は地に落ちるよりも前に、空の中でまばゆい花火となりました。色とりどりの幻想的な花びらが、暗い空を彩ります。

空に開いた大きな穴はやがて見えなくなりました。

舞い降りた大蛇は光の粒となって消えました。

拍手と喝采《かっさい》が、地上から上がりました。

夜光祭に訪れた人々にとって、一連の出来事はほんの十数分程度の催し物にも近い出来事の数々でしかなかったはずです。

「……終わりましたの」

しかし彼女たちにとって、これは永遠のように長い百十五年もしくは数日間の出来事。

願いは成就《じょうじゅ》しました。助けたかった人も戻ってきました。されど歓喜するには時間があまりにも経ちすぎていました。

完全に穴が塞《ふさ》がり、ただの暗がりへと戻った空をぼんやりと眺めるヒルダさん。

その中にいる私とライカさんに向ける顔は、これまで耐えていたすべての苦労に押しつぶされそうな、疲れ切った表情でした。

たった一人では、今にも倒れてしまいそうなほどに。

「おいおい、なんて顔してんだよ」

ところで話は変わりますけれども。

私がライカさんとお会いしたのはこれが初めてなのですけれども、彼女を一言で言い表すならまさに後先考えない性格であると確信を持って言えると思います。

まったくもって無計画。

「おりゃっ！」

などと私のほうきの後ろで声がしたかと思った直後、既にライカさんは私のほうきから飛び降りていました。

ヒルダさんのもとへと。

「は？」

ぽかんとした顔を向ける私とヒルダさん。

ヒルダさんが彼女に手を伸ばさなければ、両手を広げて彼女を迎え入れなければそのまま地面に落ちてお亡くなりになることは免《まぬが》れないのですけれども。

「は？　え、ちょっ――」

あわてふためきながらもライカさんを受け入れるために手を広げるヒルダさん。

きっといつも無茶をしていたライカさんも胸の内には、いつでも彼女がそうしてくれるという確信がひとつ、あったのでしょう。

「――ただいま！」

喜びながら、甘えながら。

失った時間を取り戻すように。

そうして百十五年もしくは数日ぶりに触れ合って。

彼女たちの異界にまつわる物語は、こうして幕を下ろしたのでした。

○

改めて翌日の紙面《しめん》を見てみましょう。

「……夜光祭の空に浮かんだ奇妙な穴はまるで『悪しき者』が国を襲った逸話の再現のようだった。穴から黒い魔物が現れ、魔法使いによって鎮《しず》められる。かつての伝承に沿った演目は街中から喝采を浴びたのちに花火となって幕を下ろした」

ですって。

昼時。

出来上がったばかりの家の前。

余った材木で作った椅子に腰掛けながら、私は新聞記事の内容を簡潔明瞭に読んで差し上げました。

少なくともこの様子ならばヒルダさんが異界の穴を再び開いたということは街の人にはバレていない、と見ていいでしょう。

「よかったですね」

今回の一連の出来事で最も危惧《きぐ》していたのが、ヒルダさんが注目を浴びてしまうことでした。

異界の穴を開けた魔女として注目されるのはもちろん、かつての罪人、魔女ヒルダとして認知されることも避けるべき事態。

祭りの夜をライカさん救出の日程に選んだのは、それだけ注目を集めている日ならば多少目立つようなことをしても、有耶無耶《うやむや》になるかもしれないという期待があったから。

木を隠すならまさしく森の中、ですね。

「イレイナさんのおかげですの」

陽射《ひざ》しを遮る屋根の下。涼《すず》しい陰《かげ》で耳を澄ませながらヒルダさんは穏やかな表情を浮かべていました。「助言や決行の協力をしてくれたのはもちろんのこと、ライカを救い出すために一緒にいてくれたおかげですの」

「まあ前金もらってましたし」

さすがに何も協力せずに帰るわけにはいかないでしょう。

「ちなみに残りの報酬はこちらですの」

「わーい」

昼下がり。わりと重めのお金を受け取りご満悦《まんえつ》の魔女がそこにはおりました。

どなたかわかりますよね？

そう、私です。

「本来の報酬よりも多めに入れておきましたの」

「いいんですか？」

後から言っても返しませんからね、とお金を抱く浅ましい私。ヒルダさんはそんな守銭奴《しゅせんど》に対して微笑《ほほえ》みながら、「別にいいですの」と首を振ります。

「あなたがいたから今日、ここにライカがいる。その事実に対する報酬としては十分ですの」

おやそうですか。

「これから先はどうするつもりですか？」

お引越しは無事完了。彼女が胸に秘めていた願いはすべて叶いました。ではここから先は？

「おかしなことを言いますのね。引越した後に始めることなんて一つでしょう？」

彼女は当然のように答えます。

「新生活を始めますのよ」

新しい場所で始める生活。

彼女は求めていたものをすべて取り戻しました――しかし一つだけ、未だ解決していないことがあるのも事実。

「ここで再び異界にまつわる研究をするつもりですの」

「お二人で？」

「ええ。二人で」

異界に滞在したせいでヒルダさんの身体は年をとらなくなっています。何年経っても若いまま。

おそらく異界の魔力が彼女の体に影響を及ぼしてしまったのでしょう。

この地で始まる新生活において、ヒルダさんはライカさんと二人で自身の体を蝕《むしば》む異変について研究をしてゆくそうです。

「再び異界に足を踏み入れないことを祈っています」

「当然、そのつもりですの」

苦笑するヒルダさん。「あんな場所へ行くのなんて、もう二度と御免《ごめん》ですの——ね、ライカ」

同意を求めるように彼女は傍らへと視線を向けます。

「…………」私もまた、その視線を追いました。

そこにいるのはヒルダさんよりも長く、おおよそ数日にわたって異界に滞在し、されど無事に生還することができた『頂のマルドヨーベ』の英雄さん。

「ひゃく……ひゃくじゅうごねん……ひゃくじゅうご……ねん……」

の、変わり果てた姿がございました。

放心状態になりながらお口をぱくぱくとさせる様はまるで湖面《こめん》から顔をのぞかせる魚のよう。上から餌《えさ》でも放り投げれば食いついてくれそうです。

「何があったんですかこれ」

指差す私。

「さっき経過時間を教えてあげましたの」

さらりと答えるヒルダさん。

ライカさんが飛び込んでから過ぎた時間はおおよそ百十五年——あまりにも長すぎる時間の経過は、後先考えない彼女を放心させるには十分過ぎる事実だったようです。

「そ、そんな……、そんなに時間が経ってたなんて……」

数日ぶりに戻ってきたら別世界のように国の有様《ありさま》が変わっている。彼女にとってこの事実は耐え難《がた》いものだったのかもしれません。

彼女が穴に飛び込んだのは、異界への穴が街に現れてから一ヶ月以上が経過した後のこと。

穴の中に飛び込んだ時点で——異界でヒルダさんと会った時点で、彼女もまた、時間の経過の違いに気づいたかもしれませんが、自身が救い出されるまでそれほどまでに時間が経っているとは思ってもいなかったのでしょう。

その場で彼女はうなだれました。

「そんなぁ……！　そんなことってないよぉ……！」

わーん、と泣き出す彼女。

そんな彼女に私は同情しました。

「つらいですよね……。お友達も誰も亡くなっていることでしょうし——」

「いや友達はヒルダ以外いないから別にいいんだけど」

何すか。

「……じゃあ住んでいた家とかがなくなったからショックとか？」

「いや家はヒルダと別居してからずっと宿屋暮らしだったから元々ないようなもんかな」

何なんすか。

「じゃあ、なんかその……、色々となくなっててショックなんですよね？」

「そうそう！　わかってくれる？」

「そうですねわかります」

全然わかんないです。

「顔が嘘ついてますのイレイナさん」横から私を小突《こづ》くヒルダさん。

ライカさんはそれから悲しさをにじませながら言いました。

「行きつけのお菓子屋が……！　行きつけのお菓子屋がなくなってたんだよぉ……！」

仕事終わったら行こうと思ってたのに——！

魂《たましい》のこもった叫びをあげるライカさんでした。

——悲しいものです。

過ぎ去る時間は私たちから多くのものを奪っていきます。生まれ故郷も百年経てば別の国。見知ったものなど何一つなく、変わり果てた国はどこかよそよそしい雰囲気《ふんいき》に満ちているのでしょう。

ですが必要以上に嘆《なげ》くこともありません。

「ライカさん……、すべてのものが変わったからといって嘆く必要はありませんよ」

懐かしいものがないということはすべてが新しいということ。

新しい楽しみがあっていいではないですか。

「だけど過去の思い出だって同じくらいに大事だろ」不貞腐れた様子で答えるライカさん。

「ちなみに参考までに聞きたいんですけど。そのお菓子屋ってどれくらいすごかったんでふぁふぁ」

「お菓子食いながら話すんな！」

もぐもぐしていたら怒られました。

しかしお二人が散々話題に出すくらいですから、そのお菓子屋というのはとてもすごいお店だったのでしょう。私はその辺で話半分に尋ねていました。

「いいか？　その店は私たちの間では伝説の店と呼ばれて親しまれていたんだ……」

それから語るライカさん。「人気商品はパイ包みでな、とにかく超うまかったんだ……」

「ふーん」お菓子もぐもぐする私。

曰くそのお菓子とは極めて特殊な製法を用いたパイ生地で生クリームをくるりと包んだもの。魔法の技術を用いており、外の生地はほんのり温かく、中のクリームはひんやり冷たい。お口の中でとろける食感はまさしく他では味わえないような絶品《ぜっぴん》。

「なんかよくわかんないですけどおいしそうですねー」

もぐもぐしながら言いました。

現代において失われた幻のお菓子。とても興味がありますね。

外の生地はほんのり温かく、中のクリームはひんやり冷たい――ライカさんが求める不思議なお菓子は一体どんなものなのでしょう。ぜひとも過去に戻ってでも食べてみたいものです。

「ところでさっきから何食べてんの」

ちらりと私の手元を見るライカさん。

私は「ああ」と視線を落としながら言いました。

「マルドヨーべ包みですけど」

知らないんですか？

外の生地はほんのり温かく、中のクリームはひんやり冷たい。

この国における名産品だそうですよ。

一から教えて差し上げる私。

「――それだあああああああああああああああああああ！」

途端にライカさんは声を張り上げました。

びくりと驚く私とヒルダさんのことなど気にかけることなく彼女はそれからむんっ、と顔を上げて、私の手にあるマルドヨーべ包みを睨みました。

「それだよそれ！　私が食べたかったやつ！　何？　今でも売ってんのそれ？　どこで？　何個買った？　一個くれ！」

ずいずい、と手を差し出す彼女。

「私もほしいですの」

そして便乗《びんじょう》するヒルダさん。

私は二人に首を振りました。

「あ、ごめんなさい。今日は一個しか買ってないです」

「ちっ！　しゃーねえな」

舌打ちしながら毅然《きぜん》と立ち上がるライカさん。

それから彼女は馴れ馴れしく私の肩に手を置いたのち。

「じゃ、今から買いに行こう！」

などとのたまいます。

まあ別にいいですけど……。

「あなたお金持ってるんですか」

「金ならあるだろ？　ここによ」むん、と彼女が摑《つか》むのは今しがたヒルダさんから受け取った大事なお金。

「それ私の報酬じゃないですか。触らないでください」

ぺい、と手を叩き落とす私でした。

「ちなみにあたしは今、無一文《むいちもん》だ。なぜだかわかるか？」

「百十五年ぶりに帰ってきたからお財布もすべて消えてしまったんですよね」

「いや当時から既に金はなかった――」

「そうなんですか……」

「何ならめちゃくちゃ借金《しゃっきん》してた――」

「時間飛んでよかったですね……」

「というわけだから今から稼ぎに行こうぜ！」

いえーい！　と私の肩に手を回すライカさん。何でいちいちスキンシップ激しめなんですか？

というかなぜ私まで巻き込まれねばならないんですか。

「二人でやれば片方がしくじってもなんとかなるからな」

「ヒルダさんがあなたに手を焼いていた理由がよくわかりましたよ……」

「まあ細かいことはいいからとりあえず仕事探しに行こうぜ！」

もはや彼女の中では私が一緒に働く方向で確定しているのでしょうか。ローブの袖をえいえいとつまみながら引っ張ります。

後先考えない彼女は健在のようです。

百十五年前から、変わらず。

「……まったく、騒がしいですの」

引っ張るライカさん。迷惑そうに顔をしかめる私。

そんな二人組の様子を眺めながら、ヒルダさんは肩をすくめます。

せっかく静かな時間を過ごしていたというのに。

「すみません、迷惑でしたか？」

多少の申し訳なさを抱きながら尋ねる私。

彼女はゆっくりかぶりを振って、答えます。

たった一言。

「懐かしい」

あとがき

こんにちは！　白石定規《しらいしじょうぎ》です！　今回も例によって各話のコメントを書いてゆくので、ネタバレ嫌《いや》な方はひとまず回れ右でお願いします。それではどうぞ！

●第一章『伝説《でんせつ》の略奪者《りゃくだつしゃ》』
この世で一番強い魔王《まおう》には、自身と渡り合える者がいない。強すぎるあまり誰も相手《あいて》にならない。そんな日々に嫌気《いやけ》がさした魔王は自身を超えうる最強を育成することに……。

という筋書《すじが》きのストーリー、たまにありますよね。ちょっと前にマッサージを受けてる時に「そういえばマッサージ師《し》って自分がめちゃくちゃ肩凝《かたこ》ったときどうすんのかなぁ……」と思ってこの話を思いつきました。

●第二章『美食《びしょく》の祭典《さいてん》』
昨今《さっこん》は娯楽《ごらく》がたくさんありますよね。ネットも世の中もどこを見渡しても娯楽娯楽。楽しめるものが多いことは素晴《すば》らしいことですが、けれどその多さに享受《きょうじゅ》する側も疲《つか》れてしまうことがあるのではないかと時々感じることがあります。みんなが見ているからアレを見て、今度はみんなが注目しているからソレを見る。そうやって都会《とかい》の人混みを彷徨《さまよ》うようにただ流れるものを追いかけるだけの日々に、いつしか何のために娯楽を楽しんでいたのかわからなくなってしまうことがあるものなのではないかと感じます。作り手側も同じで、流れを追いかける人をただ追いかけるだけの創作《そうさく》を売れ線と呼んでしまわないように、俯瞰《ふかん》する視点を常に持ち続けるよう肝《きも》に銘《めい》じておきたいですね。ナナマさんを描《えが》くのが楽しくてちょっと話が長くなってしまいました。

●第三章『賢《かしこ》い助言《じょげん》』

時々ネットを見ていると「僕《ぼく》の上司《じょうし》が言ってたんだけど～」みたいな語り口でちょっと斜《なな》めから世の中を切るタイプの投稿《とうこう》が話題になりますよね。格好《かっこう》いい発言したいけどなんか自分発信だと恥《は》ずかしい……そんな内心《ないしん》が透《す》けて見えて可愛《かわい》いですね。

と、僕の知人《ちじん》が言っていました。

●第四章『歴史資料館《れきししりょうかん》の救《すく》い方《かた》』

いつもの（いつものってなんだ……）怪《あや》しい商売してるイレイナさんのお話でした。炎上《えんじょう》でよくも悪くも注目された……という出来事が昨今はなぜだかよくありますよね。昔は視界に入ることさえなかった物事が画面を見ればすぐに目に飛び込むようになってしまったからなのでしょうか。見える範囲《はんい》はごく一部なんですけどね。

●第五章『頂《いただき》の国《くに》の大罪人《たいざいにん》』

イレイナさんが引越《ひっこ》し業者《ぎょうしゃ》やる話とか書きたいな……などという出発点からできたお話でした。

都内の方に引越してから、たまに名古屋《なごや》に戻ってみると、昔あったものが色々なくなっていたり、はたまた別のものに変わっていたりして、何だか寂《さび》しいなぁと思ったりもするのですが、しかしよく目を凝《こ》らしてみると何もかも変わったわけではなくて、昔からあるものが形を変えて残っていたりするもので、そんな寂しさと懐《なつ》かしさを抱《いだ》きながら街《まち》を歩いている時にこんな話の草案《そうあん》ができていきました。

皆《みな》さんはパーマをかけたことありますか？　僕は地毛《じげ》が地獄《じごく》のような直毛《ちょくもう》で、今まで「うちのパーマならバッチバチっすよぉ～」と豪語《ごうご》してくる数々の美容師《びようし》たちを一人残らず白《しら》けた表情にさせてきた実績《じっせき》を誇《ほこ》っており、そんな経緯《けいい》もあってここ数年は直毛で過ごしていたのですけれども。

ある日のこと。

「白石さんはパーマとか似合《にあ》うと思うんですよねぇ」

僕の担当をしている美容師さんが唐突《とうとつ》に言った。「よかったら今度、パーマとかかけてみません？　僕、結構得意なんですよ」

数々の美容師たちを困《こま》らせてきたわがままつるつるストレートの強情具合《ごうじょうぐあい》について僕は簡単に説明しつつ、「だからパーマとかは難《むずか》しいと思うんですよねぇ」とやんわり断った。

「いや大丈夫《だいじょうぶ》っすよ、僕得意《とくい》なんで」

……いやいや。

「でも、僕の髪は結構――」

「いや大丈夫っすよ」

「話聞かないな⁉」

こんな会話があったかはさておき、めちゃくちゃ勧《すす》めてくる美容師さん。そんな彼の態度に僕の髪《かみ》も『いいぜ……だったら理解《わか》らせてやろうじゃねえか……オレの強情ぶりをな……』などとぬかしたかもさておき、僕は美容師の熱意に負けて数年ぶりにパーマをかけることになった。

カットをしたあと、シャンプーに入る白石定規。

「白石さん」

「はい」

「本気のパーマは、シャンプーからやるんすよ……」

「そうなの⁉」

美容師さんは僕の髪が死ぬほど強情であることに気づいていた。シャンプーをして髪が濡《ぬ》れている段階からよくわからないけど刺激的《しげきてき》な匂《にお》いがする液体《えきたい》を髪にぶちまける美容師。

これまで僕の髪に多くの美容師たちが苦戦していたことは知っている。パーマの基本的な流れも僕は理解している。パーマとは液体を二種類頭に塗《ぬ》りつけるのだ。一つ目は1液と呼ばれ、髪を柔《やわ》らかくする液体。そして二つ目が2液と呼ばれる髪の形状を固定する液体――しかし、シャンプー直後に塗った液体は、そのどちらでもなかった。この時点で僕の頭はよくわからないことになっていた。初見《しょけん》のよくわからない液体まみれにされたあと、席に移動し、髪をくるくるにしてもらった。

その後の流れは普通のパーマと変わらなかった。もうダイジェスト形式で消化してもいいだろう。

1液を塗られて放置され、そのあと2液を浴びてからシャンプー——

「違います」

シャンプーしている最中のことだった。「もう終わりですよね？」と尋《たず》ねた僕に、美容師はにこりと笑いながら否定《ひてい》した。え？

「ち、違う……？　でも——」

「白石さん」

「はい」

どきりとする僕に、美容師は囁《ささや》く。

「2液はね……まだやってないんですよ……」

「そうなの⁉」

ダマされた！　僕の髪が強情すぎるのでいったん1液を流してから2液を投入することにしたらしい。一般的な工程《こうてい》から少し多めに手順《てじゅん》を踏《ふ》んで、美容師さんは僕の髪を整えてくれたようだ。

結果、僕の髪はふにゃふにゃになった。もはやわかめと見紛《みまが》うほどのふにゃふにゃぶりだった。

これからの人生、きっとパーマなんて無理なんだろうな——そんなふうに諦《あきら》めていた僕に美容師は技術で教えてくれたのだ。

世の中に、不可能などない——ふにゃふにゃになった髪は、そんな普遍的《ふへんてき》すぎて綺麗事《きれいごと》とも思えるような言葉を、改めて僕に教えてくれた。

鏡を見て、僕は言う。

「すごい……ねじれてますね」

「そっ……すね」

僕の髪は気合い入れてパーマしすぎてアフロみたいになっていた。


みんなもやりすぎには気をつけようね。

それでは謝辞《しゃじ》を。

担当編集さん、ならびにあずーるさん、関係各位の皆様。

いつもほんとうにありがとうございます！　デビューから長い間共に走り続けていただいたおかげで、『魔女《まじょ》の旅々《たびたび》』という作品はここまで大きくなれたのだといつもいつも感謝《かんしゃ》しております。

これからも永遠《えいえん》に共に頑張《がんば》りましょうね（満面《まんめん》の笑《え》み）。

そして読者の皆様——これからも「魔女旅」シリーズは全然続いていきますので、何卒《なにとぞ》よろしくどうぞ！　ちなみに23巻はドラマＣＤ付き特装版もあるので、全力でふざけようと思っています。ぜひ聴《き》いていただけたら嬉《うれ》しいです。それでは今後とも何卒よろしくどうぞ！

GAノベル

魔女《まじょ》の旅々《たびたび》22

2024年3月31日　初版第一刷発行

著者　白石定規
発行者　小川 淳
発行所　SBクリエイティブ株式会社
〒105-0001　東京都港区虎ノ門2-2-1

装丁　AFTERGLOW
印刷・製本　中央精版印刷株式会社

ISBN978-4-8156-1973-2
Printed in Japan

ファンレター、作品のご感想をお待ちしております。
〒105-0001　東京都港区虎ノ門2-2-1
SBクリエイティブ株式会社
GA文庫編集部 気付

「白石定規先生」係
「あずーる先生」係

本書に関するご意見・ご感想は
下のQRコードよりお寄せください。
※アクセスの際に発生する通信費等はご負担ください。

https://ga.sbcr.jp/